用生命
Influencing Life
影响生命
with Life

泰戈尔诗画精选

[印度] 罗宾德罗纳特·泰戈尔 ——— 著/绘
董友忱 ——— 编译

北京时代华文书局

森林之梦

罗宾德罗纳特·泰戈尔（1861—1941）

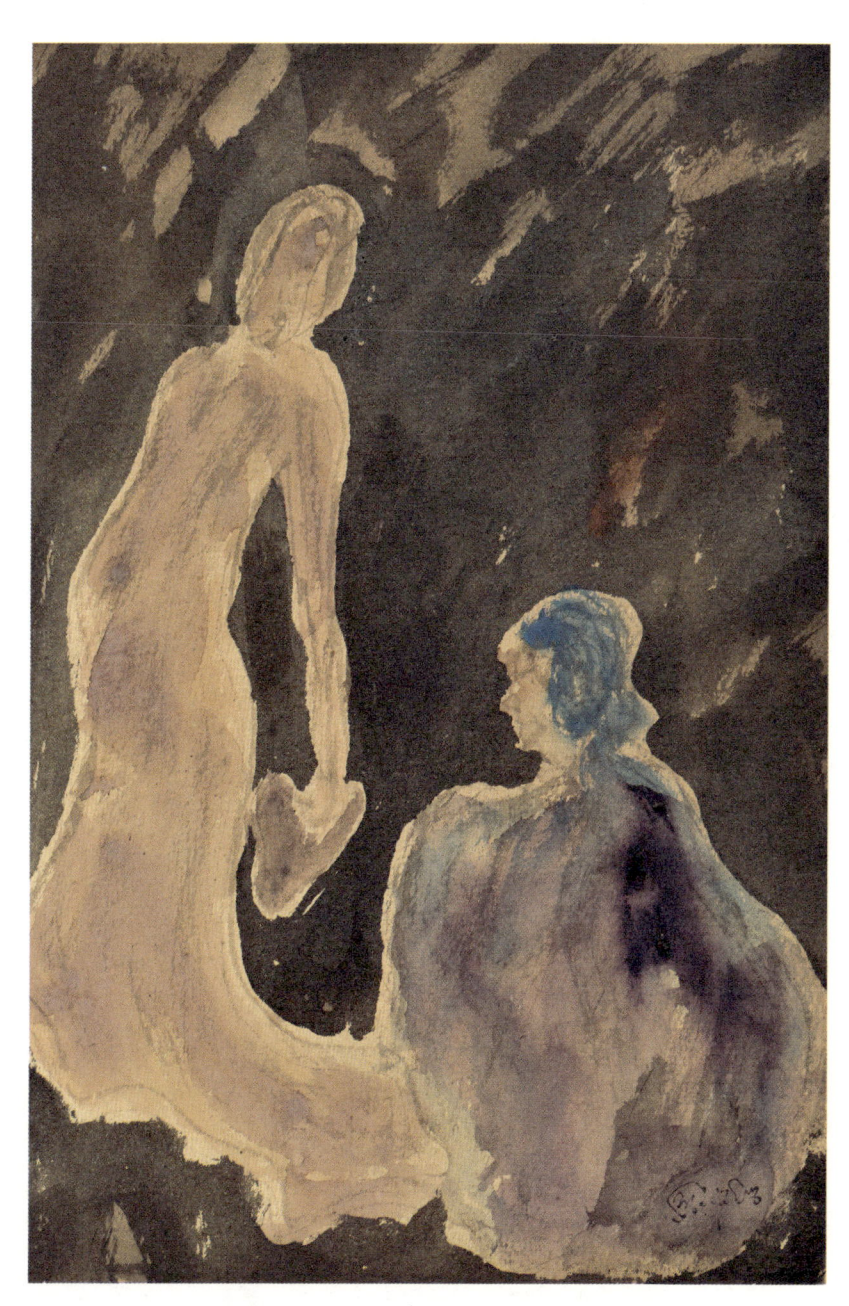

我们不在路上流连

泰戈尔致林徽因:蔚蓝的天空

蔚蓝色的天空凝望着
一片苍翠的森林,
天空和森林之间
吹过一阵喟叹的风云。

(选译自《随想集》·《赠林》)

目录

前言

1874—1878 年

002 / 欲望
008 / 玫瑰花正在绽放
009 / 清晨之歌
011 / 害羞之女
012 / 玫瑰花女神

1879—1884 年

016 / 我面前的世界犹如海洋
021 / 彩云在慢慢飘荡
022 / 黄昏
026 / 心灵的歌声
029 / 和平之歌
031 / 无法忍受的爱情
034 / 两亩地
038 / 国王审判
039 / 谁
041 / 幸福之梦
043 / 睡眠
045 / 离别
048 / 幸福的回忆
051 / 修炼瑜伽者
054 / 雨天
057 / 深夜意念

亲爱的,这种宛如梦幻的话语会进入你的心窝。

我独自坐着思量:我该去哪里,该去何方?

1885—1886 年

我来到这个世界是想听人歌唱，也在心里吟唱着编织曲调之网。

064	/	生命	092	/	小花
065	/	故事	093	/	芳躯
067	/	乞讨女	094	/	歌的创作
072	/	林荫	095	/	黄昏的离别
075	/	铁石心肠的母亲	096	/	渺小的无限
076	/	书简	097	/	清醒的努力
082	/	致印蒂拉女士	098	/	诗人的傲气
089	/	竹笛	099	/	真实
090	/	渴望			

1899—1900 年

如果宇宙做梦，这梦该属于何人？难道这就是无生命无爱情的失明之黑暗？

102	/	自负	145	/	本质与姿色
103	/	自贱	146	/	女人
104	/	渺小的我	147	/	爱人
105	/	请求	148	/	沉思
106	/	欲望的陷阱	149	/	歌
107	/	永恒	151	/	陌生的世界
111	/	致孟加拉大地	152	/	胆怯的奢望
112	/	致孟加拉人	157	/	致虔诚者
113	/	呼唤之歌	158	/	河中航行
123	/	空虚心灵的渴望	159	/	死亡甜蜜
129	/	此时和彼时	160	/	回忆
132	/	心灵幽会	161	/	第一次接吻
133	/	等待	162	/	最后的吻
141	/	两个朋友	163	/	财富
142	/	两个比喻	164	/	利益
143	/	他人之衣	165	/	和平咒语
144	/	大地	166	/	鸠摩罗出世之歌

1899—1938 年

168 / 亲缘
169 / 力量的局限
170 / 新的生活方式
171 / 胜负
172 / 负担
173 / 书虫的逻辑
174 / 各司其职
175 / 智者
176 / 内讧
177 / 赠予后的贫穷
178 / 快语直肠
179 / 谦恭
180 / 乞求与获得
181 / 不能乞讨
183 / 终了

> 什么都不会永世长存。你要跟随时代的脚步，轻松快乐地前进。

1901—1938 年

186 / 利益争夺的结果
187 / 强权的傲慢自私
188 / 啊，印度
193 / 你在家每天叫我进屋
194 / 哦，端庄贤惠的爱妻
195 / 请你让我把头低
196 / 你让多少陌生人相识
198 / 啊，我是旅行者
200 / 你要用劳作之绳将我捆绑
201 / 为梅兰芳题诗
203 / 他是我中我
204 / 我旅途耽搁
206 / 崇敬佛陀

> 灵魂蕴含幸福的财富无比珍贵，可是否有人会将其珍藏在自己的心位？

16岁的诗人泰戈尔 戈格嫩德罗纳特·泰戈尔(诗人泰戈尔的堂侄子)的铅笔素描

前言

按与出版社的约定，从2023年8月19日起，我就开始做从诗人泰戈尔的56部诗集中遴选100首诗的工作。在精选泰戈尔诗歌的过程中，除了浏览《泰戈尔作品全集》的诗歌部分，我还参阅了2004年印度西孟加拉邦孟加拉研究院出版的泰戈尔《诗歌选集二》。

从1874年泰戈尔13岁创作的《欲望》选起，直至1938年他创作的《崇敬佛陀》一诗，共选定泰戈尔的诗歌100首，时间跨度绵延64年，所选译的诗歌跨越六个时间段，展现诗人不同年龄阶段黄金创作期的创作风貌。我之所以做这样的选择，是想让中国读者更全面地了解诗人泰戈尔的诗歌，也就是说，我想让读者欣赏到泰戈尔少年时代直至晚年的诗歌创作，尽管时间节点根据诗歌内容有所交叉，但这恰恰凸显了泰戈尔诗歌的丰富内涵与无尽魅力。100首诗歌目录选定后，我就按约定的时间发给了雪春总。几天之后，雪春总通过微信告诉我，诗歌目录收悉，目录选得很好，于是我便开始翻译泰戈尔这100首诗歌。

泰戈尔创作的孟加拉原文诗歌大都是有韵律的，而且都是押尾韵，在这一点上泰戈尔的孟加拉文诗歌与我国的传统诗歌是很相似的。我在翻译过程中力求做到押韵。

中国读者对诗人泰戈尔并不陌生。早期中国文人是通过英文和日文了解诗人泰戈尔的,所以我们中国读者比较熟悉从英文转译成中文的八部诗集《吉檀迦利》《新月集》《园丁集》《飞鸟集》《采果集》《渡口集》《情人的礼物》《游思集》。泰戈尔的其他作品,如小说、剧本、散文等最早也是从英文转译成中文的。因此一些不了解情况的中国读者甚至误认为,泰戈尔是用英文写作的作家,其实不然,诗人泰戈尔的文学作品都是用母语孟加拉语创作的,只有在国外访问时他才使用英语。

我知道,诗歌是很难翻译的,完全保持诗歌的意境、韵律等方面的所有美感,是很难做到的。大概,诗人泰戈尔也意识到了这一点,当年他翻译《吉檀迦利》时只是传达出原诗的意境,没有保留原诗的韵律,所以英文版的《吉檀迦利》等八部诗集的诗歌就被他翻译成了散文诗。

中国最早从孟加拉原文翻译泰戈尔作品的学者是石真(1918—2009)女士。她是著名学者吴晓铃(1914—1995)先生的夫人。1941至1944年,吴晓铃先生应聘前往泰戈尔国际大学教授中国文学和汉语,石真女士陪同丈夫前往,并在那里学习孟加拉语言文学达4年之久,回国后一直从事孟加拉文学研究和翻译工作。1961年为纪念泰戈尔一百周年诞辰,人民文学出版社出版了10卷本的《泰戈尔作品集》,在这套书中所收录的译文大都是从英文、俄文等其他语种转译的,唯独石真女士的译文是从孟加拉原文直接翻译的,而且她的译文很好地体现出孟加拉原文的创作风格。

而对泰戈尔的绘画作品,我的研究起步比较晚,也比较肤浅。2011年11月上海中西书局出版了我写的一本书《诗人之画——泰戈尔画作欣赏》。我总的感觉是,泰戈尔的绘画作品大多数都是描写大自然的美景,也有少量人物肖像画,还有一些抽象的画作。罗宾德罗纳特·泰戈尔不是经过严格绘画训练的专业画家,他是一位诗人画家。他以写意的方式用线条和色彩把他内心的"美"呈现给观众。泰戈尔的画作蕴含着哲理,凸显出一种律动的诗韵之美。这就是我对泰戈尔画作的认识和感悟。

纵观泰戈尔一生的创作,我觉得他的作品里回荡着一种浩然正气,闪烁着一种暴露假恶丑、赞扬真善美的瑞丽之光,贯穿着一条关爱人的仁爱红线。这种浩然正气、瑞丽之光、仁爱红线,潜移默化地净化着读者的心灵,涤荡着人们内心的污浊,使人变得纯洁、变得善良、变得高尚,使人们走红尘正道,做对国家、对民族有益的人。

诗人泰戈尔的第一次中国之行是值得我们纪念的。1922年冬天,中国讲学社向泰戈尔发出邀请,希望他能够访问中国。泰戈尔对于这个邀请感到很荣幸,他非常高兴有机会访问中国。于是,他决定在1923年8月前往中国进行访问。然而,不久之后,他感到身体不适,因此推迟了行程。最终,他在1924年3月开始了他的中国之行。

在准备期间,泰戈尔邀请了美术学院院长、著名画家侬德拉尔·巴苏教授,梵语学家基迪莫洪·森教授,著名教育家迦利达斯·纳格教授和英国农学家埃尔姆赫斯特先生陪同他一起访问中国。

1924年3月21日,泰戈尔一行人乘坐船只离开加尔各答,途经缅甸仰光、马来亚等地稍事停留,在香港也停留了数日。最终,他们于1924年4月12日上午9点15分抵达上海黄浦江码头。上海文化界人士对泰戈尔的到来表示了热烈的欢迎。

泰戈尔此次访问中国的目的是恢复已经中断的中国与印度的传统友谊,重启中印之间的文化交流。他在上海各界为他举行的茶话会上说:"朋友们,我来向你们要求重辟交往的通路。这条路我相信还是存在的,虽然被荒草和荆棘湮没了,但还是有迹可循的……希望你们不必把我当作造访的来客,应该把我当作久别归来的兄弟。……中印文化合作开始于数千年前,两个邻国如此友善,在各国历史上是找不到同样例子的。但是这种亲密关系,由于外来的干涉,中断已经很久了。目前我们都已觉醒,不甘长此消沉,让我们迅速恢复这种关系,从而产生新的力量,为各国做出示范。"

在接下来的几天里,泰戈尔在徐志摩等人的陪同下前往杭州参观访问,并在浙江教育会发表讲演。返回上海后,他于18日在商务印书馆会议厅参加了欢迎会,并在会上发表了讲话。随后,他前往南京参观明孝陵并在东南大学发表讲话。接着他乘火车前往济南,并在山东省议会厅发表讲演。最后他抵达北京,开始了他在北京的活动。

1924年4月23日至5月20日,泰戈尔一行都在北京活动。他们在北海静心斋参加了讲学社举行的茶话会并发表了热情洋溢的讲话。他们还参观了法源寺,观赏了盛开的丁香花。此外,他们还游览了故宫,参加了在新月社举行的祝寿会,会上演出了《齐德拉》,林徽因扮演女主角齐德拉,徐志摩扮演爱神。最后他们在真光剧场开始了一系列讲座,吸引了大量听众前来聆听。

5月20日晚,泰戈尔一行要动身前往山西太原。中午梁启超设宴为他们饯行,梅兰芳、姚茫父等出席作陪。席间泰戈尔再次赞扬了前一晚梅兰芳先生演出的《洛神》,随后在梅先生的团扇上题写了一首孟加拉文小诗,然后将其翻译成英文。

后来石真将这首小诗翻译成中文:

亲爱的,你用我不懂的
语言面纱,

遮盖着你的容颜；
从远处遥望，
宛如缥缈的云雾
笼罩着的峰峦。

当天晚上，诗人泰戈尔一行乘火车离开北京，前往太原。前来为诗人送行的人有梁启超、林长民、蒋百里、张彭春、黄子美等两百多人，其中有林徽因、王孟瑜等 5 位女士。

泰戈尔抵达太原后，在文瀛湖公园发表了讲演。他们游览了晋祠等名胜，出席了山西教育机关举行的欢迎会，还与阎锡山交流了农村振兴的事宜。随后他们前往汉口并返回上海。

最后，在 1924 年 5 月 30 日上午，泰戈尔乘船离开上海前往日本，结束了他的第一次中国之行。

诗人泰戈尔第一次中国之行，在中印文化交流史上可谓一件盛事，因为它重新开启了中印文化的交流之门，为中印两大邻国的友好交往重新搭起了一座金桥。因此，我支持并赞美出版社为纪念泰戈尔第一次中国之行 100 周年而决定出版三本书的计划，我由衷地感谢。

董友忱
2023 年 10 月 19 日星期四
于北京寓所

泰戈尔自画像

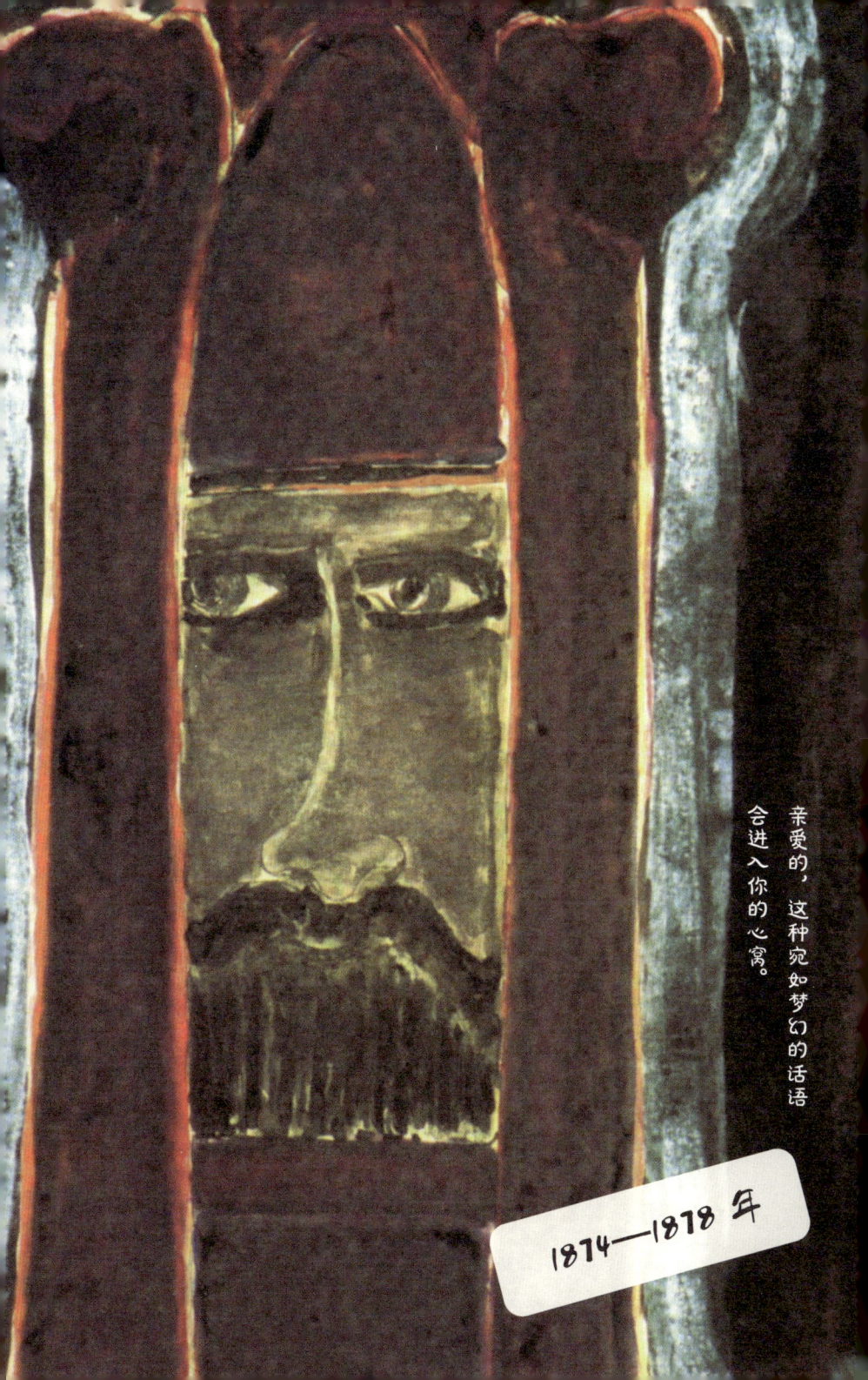

亲爱的,这种宛如梦幻的话语会进入你的心窝。

1874—1878年

欲望

驱动人心的巨大欲望!
你在无尽头的崎岖路上徜徉,
经过数不胜数的驿站,
你越走越想奔向前方。

你吹出的笛声迷醉人心!
唉,许多人侧耳倾听,
越是前行,他们就越
不明白从哪里传出笛声。

你看,听得入迷的人
翻越崇山峻岭前进,
不怕大海的惊涛骇浪,
忍受跋涉沙漠的艰辛。

克服重重困难,越过
旷野、冰川、无人的森林。
无法确定哪里是目的地,
不晓得哪里会吹出笛音。

你看，又跑来一群人，
在人山人海中购买美名。
战场上显露死神的狰狞，
大炮前面是阎王的大门。

你看，在书籍的围墙里，
有人在日夜浪费着体力。
为走进你的那扇知识之门，
竟然把笔当作登攀的阶梯。

哪里是你奢望的尽头？
在黄金大厦里？不，没有！
"莫非金矿里有你的终点？"
不，终点是在阎王的门口。

你的路上布满痴心妄图，
奔跑的人们在寻找幸福。
他们不知道，根本不知道，
在你的路上没有一丝满足。

他们不知道，不知道啊，
贫穷的茅舍里才有满足，
幽静的净修林里才有满足，
神圣的正法门口才有满足。

他们不知道，不知道，
你行走的这条坎坷曲折之路，
满足并没有在上面铺设座席，
阳光射不进黑暗地狱的角落里。

愚昧之人怀着享福的希冀，
在你的路上将幸福寻觅。
他们不知道，根本不知道，
幸福从不正眼瞧看你。

怀疑、忧虑、罪恶、恐惧，
在你这条路上随处可遇，
它们能否成为幸福的交椅，
这些垃圾中怎么会有幸福呢？

他们不知道,根本不知道,
这些愚蠢的人也不会知悉,
永恒的幸福在正法的门前,
安放了自己神圣的交椅。

你看,一群人怀着邪念,
在你的路上向前奔波,
头顶着杀戮、悔恨、苦涩,
一面奔跑,一面心生疑惑。

把哄骗、欺诈、压迫
当作盘缠快速行进时,
你的幻想就会跌落进水中,
像麋鹿掉进猎手挖设的陷阱里。

你看,浑浑噩噩的一群人,
听着你那动人心弦的笛音,
兴奋地想做你的伴侣,
纵入罪恶之海寻找宝珠奇珍。

骄阳下贫苦的农民在耕耘，
他们全身大汗淋漓，
看到四周一整年的
劳动成果，满心欢喜。

唉，奢望，受你的诱惑，
贫苦农民一面在土地上耕作，
一面在你那条迷人的华丽路上
描绘着未来蓝图的收获。

你看，在你路上奔跑的一群人，
他们的手上全都沾满鲜血，
他们为了财富、荣耀、权杖、王位、
王冠、王国、霸权而进行争夺。

你看，你看啊，
他们行走不紧不慢，
一声不响，手里紧握着
暗杀对手的锋利刀剑。

你看，他们在屠杀熟睡的人们，
妄图把他们的幸福夺走。
你看，他们坐在宝座上举着权杖，
扬起沾满鲜血的另一只手。

唉，幸福难道会和他拥抱？
难道他会有一点儿幸福的感觉？
幸福难道会藏在他的内心？
哪一天幸福会去光顾他呢？

为了个人幸福而去杀人略地，
为了幸福而把罪恶当作道义，
为了幸福让他人忍受暴雨雷击，
这样难道他就能达到自己的目的？

任何时候这都是枉费心机，
罪恶的果实怎么会是快乐惬意？
罪恶的惩罚怎能赢得愉悦幸福？
任何时候这都是枉费心机。

玫瑰花正在绽放

蜜蜂啊,你不要去那里啊!
玫瑰花正在绽放,
要是去偷采花蜜,
你就会被蜇伤!
这里的茉莉,那里的羌芭花,
赛法莉花正在绽蕾开放。
她们心里是否痛苦忧伤,
请你开口讲一讲!
蜜蜂说:"这里有茉莉,
那里有荷花,
我不会对她们讲什么话。
我今天什么也不说,
内心藏匿的话语很多,
我会向玫瑰花诉说。
诉说如果使我感到困惑,
我就会因为被刺痛而恼火!"

清晨之歌

请听，莲花仙子，你睁开眼睛，
难道现在你还没有睡醒？！
请看，女友，你的骄阳
已经降临你家的门口。
我已听到清晨的歌声。
请看，我已经睡醒，
请看，世界已经睁开眼睛，
重新获得了新生。
密友啊，我可是你的诗人，
难道你还不想清醒？
那你就听我朗诵我的诗作，
我还会轻声地哼唱
世界新的生命之歌。
清晨的小鸟，清晨的露珠，
清晨的彩云，清晨的和风，
它们一起用同一种曲调
合奏出一曲甜蜜的歌声！
每天我都前来，每天我都欢笑，
每天我都在唱歌，
每天清晨你都想起

倾听我唱的这首歌。
今天我过来观看,
已经不见黑夜!
露水润湿我的脸面,
女友,衣服被染成红色,
你看,明镜般的水面上
映出了奇妙的娇娥。
那你就慢慢弯下身来,
瞧看自己的半个倩影,
在你那可爱的朱唇上
将会绽开羞涩的笑容。

害羞之女

我若走近她,将会获得多少珍宝?
可是本来想开心一笑,却没能做到。
我有时微笑着走过去,想对她表示爱怜,
我鼓不起勇气,突然又感到害臊。
我气恼得想走向远方,可她的话还没说完,
我受阻的脚步就停下来。
我悲伤地叹息,
睁开激动的眼睛凝视,
可是又无法将羞涩的枷锁开启。
当我熟睡时她睁开眼睛向我瞧看,
可这样瞧看仿佛也满足不了她的心愿。
我突然苏醒,不知为什么
话语堵塞在心里感到很烦。
害羞之女,我凝视你,不会让你感到羞赧,
不过爱情的激流也不会把羞涩冲向云天!

玫瑰花女神

我的那位玫瑰花女神,我说,
你抬起头来,抬起头来,
请你为花亭增光添色。
我说,你为何如此害羞?
女友,你为何如此羞赧?
你把脸藏匿在花叶间。
女友, 你为何如此羞赧?
姑娘,大地在沉睡,
女友,月亮星星都在沉睡,
亲爱的,方向女神们也在沉睡,

亲爱的,整个世界都在沉睡。
女友,你有要说的心里话,
此刻是否应该对我诉说?
亲爱的,你抬起头来,
我要对你诉说的心里话实在太多!
我要用如此温柔的语调,
女友,悄悄地对你述说,
亲爱的,这种宛如梦幻的话语
会进入你的心窝。

没有谁会偷听,谁都不会醒着;
听到情爱之语,回声女神啊,
你可不要讥讽嘲笑我,
女友呀,你千万不要讥笑我!
那你抬起头来,看一看吧!
请你慢慢地抬起头来,看一看我!
女友,请吻我一下!
请偷偷地吻我一下!
女友,我是你的小鸟,
姑娘,我是花林诗人,
生命啊,我整个夜晚
都在享受你的爱情,
整个白天我都快乐地
高唱你那秘密的爱情之歌!
女友啊,我要用这种甜蜜的
声音高唱这些赞歌,
我要用爱情的旋律润泽
你那隐藏在远处云雾中的肢体。
这种爱情之歌将会濡湿你的玉体,
大家就会向天空凝视,

他们就会以为云游的诗人

在高唱情人的美妙之歌。

那你抬起头来,看一看吧!

请你慢慢地抬起头来,看一看我!

请你悄悄地吻我一下!

请你偷偷地吻我一下吧!

(以上5首选译自《少年之歌》)

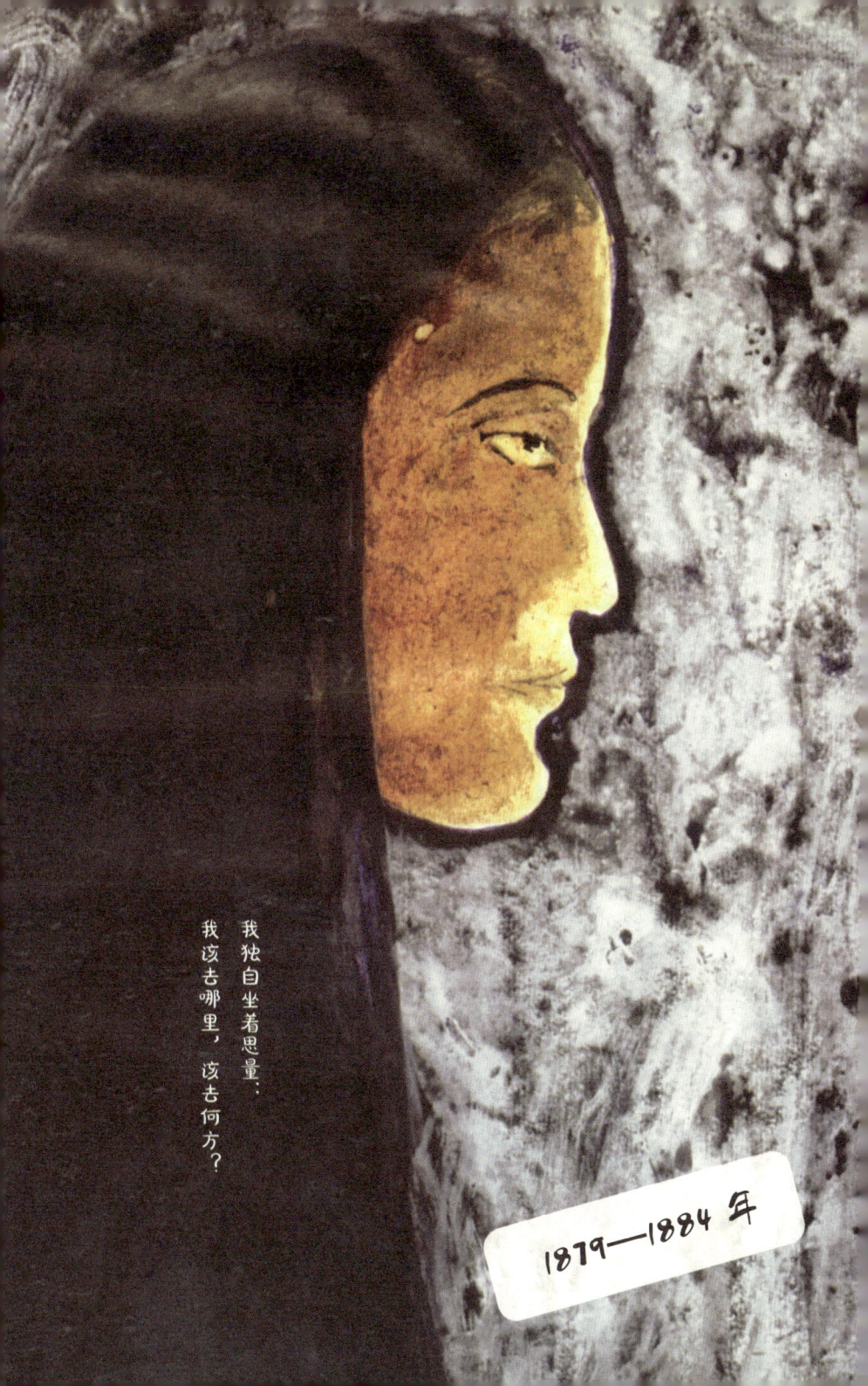

我独自坐着思量：
我该去哪里，该去何方？

1879—1884年

我面前的世界犹如海洋

我面前的世界犹如海洋,
我就坐在岸边的山岗上,
星星在波涛中激动不已,
亿万生灵附在薄木上漂荡。
我只看见了波浪的戏耍,
我只听到它们的声响。
这大自然披散着阳光之秀发,
踏着激越的节奏翩翩起舞。
阳光黑影、日夜生死、
希望恐惧、跌落升起,
这只是大自然的运动旋律。
她每一投足,就有数百颗星辰
和亿万个生灵生生死死。
我在它们中间虽然微不足道,
为什么我不能观赏它们的舞姿?

玫瑰

鲜花的苦修

娇艳野花

路旁紫色的繁花

彩云在慢慢飘荡

彩云在慢慢飘荡,

"过来,过来呀!"它在呼叫月亮。

月亮在睡梦中问道:"去何方?"

我不知道彩云飘向何处,

也不晓得它在何处停驻,

月亮从天空中向四周观望环顾。

在远处,很远,很远处,

大概在哪个神仙的府第,

群星围在一起吹奏起竹笛。

彩云乐呵呵,笑眯眯,

在天空中悠荡飘移,

俯下身来把月亮的微笑偷视。

（以上 2 首选译自 1884 年出版的

剧本《大自然的报复》）

黄昏

啊，黄昏，你独自坐在
广阔无垠的高天底下，
披散着长发，
望着世界的面颊。
你唱着赞歌，
在自己的内心
轻声述说着什么。
每天我都听到你的话语，
今天也听到你的述说，
可我怎么听也不理解。
我每天都听到你的歌，
今天也听到了你的歌，
可我怎么学也不会唱和。
我的眼睛充满困惑，
我的心灵沉浸于遐想。
在遥远的心原，
我仿佛落寞到异乡，
附和着你的嗓音，
我想和你一起歌唱。

啊，黄昏，你仿佛是
我的邻居，是我的兄长，
在心灵的异域他乡，
我迷失了方向，长久流浪。
开启的心灵仿佛听到
故乡传来的歌声，
听到了何人的回声。
这歌声中仿佛唤起
我对某种往事的回忆。
在星球上似乎有她的房屋，
她在那里有欢笑，有痛哭。
她想回去，却找不着归途。
多少古老的话语，
多少遗失的歌声，
多少心灵的长叹，
一些温情的话音，
一些含羞的笑容，
一些爱情的甜蜜语言，
黄昏啊，全在你的黑暗中消散。

泰戈尔和爱因斯坦

在你的黑暗中所有飘游的星星
好似时代宁静的心中破碎的世界。
成群结队走来的明星,
来到河畔坐在你脚下,
簇拥着你的心灵。
也有几丝笑意,
飘到你的面前,
时而显现,时而隐逝。

黄昏，今天我来了，
坐在你的黑暗中，
闭着眼睛，再没有轻声哼唱
三四首歌的欲望。
那里有古老的歌谣，
那里有消逝的欢笑，
那里有忘却的梦想；
请在那里很珍惜地保存
为许多歌曲建造的墓室。
黄昏，我知道你温驯，
你秘密地遮盖着墓穴的躯壳，
坐在坟墓上，你冷酷惊愕地
听到了不见踪影的笑声。
 露珠缓缓地滴落，
轻声叹息的是夜风。
"寂静"手托额头，
在你身边独坐；
一两颗流星
不时地陨落 。

心灵的歌声

噢,我的心!你用什么曲调在唱歌?
不分冬夏,不分春秋,
不分黑夜,不分白昼,
你永不休止吟唱的歌喉。

噢,我的心!你用什么曲调在唱歌?
坐在偏僻无人的树林里,你默默地
凝望着大地,哼着那支单调的歌曲;
冬夏在更迭,昼夜在流逝,
可你的歌声却永不休止。
头上落有树叶,落着干果,
滴着细小的露珠,
洒下太阳的光柱;
雨季里淫雨霏霏,
风雨中枯叶簌簌,
这一切在我头上奏响出美妙音符;
孱弱不净的心灵坐在那里
哼着那支单调的曲子。
我不能再倾听这支单调的曲子。
你什么时候能够停歇?

和平之歌

睡吧,痛苦,心灵的财富,
你睡吧,现在去睡吧。
你整天在幸福地饮着鲜血,
现在是否已解除了饥渴?
痛苦,你去幸福地睡吧。

今天在这月夜春风里,我把过去的
阴曹遗弃在空虚的心灵中,
可是过去的岁月又一次
呈现在我的这个心窝,
观看着古老的游乐场所;
那时节过去,岁月又在坟塬复活,
每当白昼逝去,就在那里燃起
一堆又一堆希望和幸福的篝火;
它们就默默定居在那里,
脸色就显得十分抑郁污浊。
在那里它们一起
用极其温柔的声调,
闭着眼睛缓缓地唱起
那支古老时代的颂歌。

痛苦，你去睡吧。
歌声徐徐升起，
心灵渐渐隐逝。
寂寞笼罩黄昏的天宇。
在心灵的歌声中，你那尖刻的嗓音
犹如钢刀一样犀利。
你歇息吧，痛苦，歇息吧。

明天你再起来，
在我的心里调皮地游玩；
我的心灵血管已经残破，
请把你的琴曲谱写在它上边；
你整日坐在那里弹奏，
琴声震撼着我的心塬。
今天只有这夜里的声音凝视着明月，
除此之外再也没有什么管弦。

无法忍受的爱情

我理解哟,我理解,女友!
你心里多么难受。
我那诗人胸裂心碎的爱情,
我知道你并不追求。
重要的爱情你不忍放弃,
可又无法忍受。

每当我看见你的时候,
我的心简直要跳出来——通过眼睛和口;
一根根血管仿佛要崩裂,
你那张小脸藏在胸口,一只手放在另一只手,
怎么办呀,主意还真没有;
它找不到你,不晓得匿藏在哪个绣楼。
我的心仿佛在发疯,在拼命地探索:
在我的内心如何才能得到你?
既然我心里存在虚空,
我怎样才能将虚空充实?
就这样在身体的门旁,
心灵在纠结悲伤;
只要你看一下它的面孔,

你就会感到失望；
只要你有希冀，
你就会获得时机；
只要你呼唤我，
我就会坐到你的家里。
我要把温柔甜蜜的情话
悄悄送到你的耳畔。
你也会对我述说着温馨的话语，
你也会亲切地展现出可爱的笑脸；
心灵的温馨戏耍
就会游荡在盛开的鲜花之间。

你向往着无痛苦的真爱，
鲜花的芬芳就会飘过来，
月华的巨澜就会升起，
春天的和风就会吹过来。
你不向往忘我的爱，
无穷无尽的饥渴也会常在，
眼睛里的泪水也会常流，
痛苦的叹息也会常有。

心灵会忘却自己的话语,
心灵也会把自己忘记;
不自觉的自觉就在那里,
有生命无生命的一切都会被抛弃。
甚至不会再有任何圣灵,
请你告诉我,你有什么希冀。
你会得到我对你的高尚的爱意。

(以上4首选译自《暮歌集》)

两亩地

我只有两亩地,其余都已抵了债。

老爷说:"你要明白,乌本,这两亩地我要买。"

我说:"您是地主,您的土地广阔无边。

您瞧啊,我的这小块土地只够死后埋葬尸体。"

土霸王听后说:"你小子可知,

我已将一座花园建起,

我买下这两亩地,花园的长宽就会一样的。

你必须卖给我这块地!"

我双手合十置于胸前,

两眼垂泪恳求道:"请您放过穷人祖传的土地!

它比黄金还珍贵,我家七代人都在这里定居,

我不是败家子,再穷也不能出卖母亲般的热土。"

刹那间土霸王瞪着血红的双眼,

最后冷笑一下,说道:"好哇,那就走着瞧吧!"

一个月后我离开祖传的土地,踏上了外出之路。

我变卖了一切家产,偿还了伪造的债务。

唉,世上那些大腹便便者,都是贪得无厌的主。

土霸王夺走了我这个穷苦人的财富。

我心里曾想过,天神为何不对我予以庇护,

我失去这两亩地,叫我四海飘零,生活无助。
我披上苦行者之衣,云游四海,做了出家人的子弟;
我游历过许多迷人的胜景,参观过许多名刹古寺;
我漫游过陆地、海洋、城镇和寂静的乡村。
不管我在哪里,日夜都忘不了那两亩土地。
我徒步走过原野林莽,转眼间十五六年已经过去。
有一天我萌生了返回故土的强烈希冀。
敬礼,敬礼,美丽的母亲,孟加拉土地!
恒河之滨,清风习习,你的生活凉爽惬意。
青天亲吻着你的玉足,原野辽阔,
浓荫掩映着宁静的鸟巢,还有小小的村落。
郁郁葱葱的芒果林,那是有牧童游乐的场所,
恬静无底的池塘,池水昏暗、柔滑、温馨。
满心喜悦的孟加拉少妇从池塘提水返回屋舍,
叫一声母亲,我心里激动,泪水溢出眼窝。
两天后的正午时刻我又走进自己的村庄,
我走在街道左侧,陶工的家就在右边的路旁。
穿过市场,走近庙宇,附近就是南迪的粮仓,
最后我回到魂牵梦萦的久别的故乡。
羞耻,羞耻!我无数次唾你,无耻的土地!

做母亲的你岂能屈从豪门，趋炎附势！
怎么可以想象你曾经是穷人的娘亲，
你的粗布衣襟里曾经兜过鲜花、蔬菜、果实！
今天夜里你浓妆艳抹，你想献媚何人？
发髻簪花，身着染有绿叶的罗裙！
我孤苦伶仃，为你归来，却满腹离愁——
女妖魔呵，你却悠游自在，笑度春秋！
受财主娇宠，如今你面目皆非，扬扬得意，
如今你浑身上下不再有昔日的一点儿痕迹。
你曾经是幸福的女人，是为人解渴的玉液甘露，
从前你为女神，而今你的装束笑貌竟为女奴！
我心如刀绞般的回到故土，凄然四处环顾。
围墙旁边依然矗立着那棵芒果树！
两眼噙泪坐在树下，悲怆少许平息，
孩提时的往事一幕幕浮现在我的脑际：
我回忆起在六月的风暴里整夜毫无睡意，
清晨起床匆匆跑出门，将刮掉的芒果捡起；
在那个温馨宁静的中午，我从学堂逃脱——
呵，我曾想到哪里能够享受快乐的生活！
突然风起，头上的树枝不住地摇曳，

就在我的身旁，啪啪掉下两个熟透的芒果。
我心想，大概是母亲认出了我，
我匍匐在地，连连叩头，温馨地致谢。
不知从何处冒出了花匠，他简直就是阎王的使者，
他骂骂咧咧，用高八度的声音谴责我。
我争辩说："忍气吞声，我付出了一切——
我有权吃这两个芒果，你叫喊什么！"
他不认识我，扛着木棍走来，却对我恫吓，
老爷在钓鱼，周围簇拥着一群家丁爪牙，
听了花匠禀报，他发了话："给我往死里打！"
他的家丁横眉竖眼地辱骂，比主人更加凶恶。
我说："先生，这两个芒果是天恩赐之物。"
老爷讥笑说："你小子本是个老练的小偷，
却假充贤哲。"
听他这样嘲笑，我两眼含泪，
心里暗想："今天我成了盗贼，
而他却成了伟大君王圣贤！"

（选译自《叙事诗》）

国王审判

婆罗门说:"我夫人当时就在房屋里。
半夜小偷溜进房间,想对夫人施无礼。
我捉住他,请降旨,给贼人什么惩罚?"
罗东拉奥国王传谕:"死!"他只说出一个字。
使者匆忙跑来禀报:"贼人是王子。
婆罗门夜里捉住他,今晨已将其处死。
我已把婆罗门逮捕,给他什么样惩罚?"
罗东拉奥国王只说一句话:"放了他。"

(选译自《故事诗》)

谁

是谁宛如习习春风,
从我的心田走过?!
她俯下身,伸手触摸,
鲜花便绽放出千万朵。

她走了,却没有说明白,
她去了何处?尚未回来。
她一边走一边观望,
好像还在把什么歌曲吟唱。
我就这样坐在花林里,
一直遐想。

她宛如波浪一样在漂荡,
她已进入月华的家乡,
她把她的笑声洒在
她笑着经过的地方。
她仿佛用她的眼神
无声地对我呼唤。
因此我独自坐着思量:
我该去哪里,该去何方?

她轻轻地把睡意
抹在月亮的双眼上。
她在哪片心林里
把芬芳的花绳摇曳?
她经过花林的上空,
说了哪些甜言蜜语,
花香因而如疯似狂
跟随她一起飘荡?
我的心情激越,
我的双眼已经合闭,
可我仍在想着她去了何方!

幸福之梦

她双手扶着额头,
静坐在窗户旁边,
她怀里堆放着鲜花,
却忘记编织花环。
习习吹拂的和风,
似在她耳边絮语;
她的身子半坐半卧,
心里想的很多很多。
她的秀发随风飘舞,
不知花在哪里飘落。
在她面前的树林里,
一排小树瑟瑟地颤抖着。
她嘴角边的微笑
扩散到了半个脸,
半睁半合的双眼
凝视着花园那边。
悠远之梦飘浮过来,
仿佛进入了她的眼帘;
朦朦胧胧的幸福感
从她幽深的心底涌起。

泰戈尔与海伦·凯勒

彩云在她眼前飘移,
一只只小鸟凌空飞起,
整个白天巴库尔花
纷纷扬扬凋谢坠地。
甜蜜的慵懒,甜蜜的痴迷,
甜蜜脸上绽放的笑意,
在梦境中也觉得甜蜜,
她吹奏起甜蜜的竹笛。

睡眠

孩子们已经睡下,
忘记了一切玩耍。
深夜的和风轻缓地吹进窗里边,
将睡眠送到他们的眼帘,
他们在玩耍中被瞌睡袭倒。
玩具散乱地堆放在床脚。
身体东倒西歪,神明的慈爱
犹如阴影落在他们的脸上;
风儿一次次吹起的黑黑秀发
在戏弄着他们的面颊。
多少微笑犹如星光降临,
多少次亲吻着他们
那半张半合的嘴唇。
繁星满怀着喜悦
彻夜凝望着他们的面容,
仿佛在交头接耳议论什么事情。
他们仿佛在衣襟里用黑暗与光明
编织着面带微笑的幸福美梦,
深怀着慈爱慢慢地将其
洒向孩子们的心灵。

次日，当花园里一排排鲜花
在阳光下绽蕾开放的时候，
他们就会睁开眼睛，
睡眠就会向某处逃走。
清晨，当霞光醒来的时节，
仿佛就想将他们唤醒，
让他们玩得开心快乐。
朝霞中孩子们与花朵
一起睁开眼睛，
晨鸟已发出啁啾歌声。

离别

当他起身离别的时候,

新月已经降落在山背后。

夜深沉,四周寂静无声,

天上的星星睁着不眨动的眼睛,

大地悄悄地沉入梦境。

她用一双手紧紧地握住另一双手,

凝望着对方的脸庞;

在花园里一棵巴库尔树下,

她没吐一语一言。

朱唇上出现悲楚的阴影,

泪水中闪耀着淡淡的月华,

临走的时候她只说了两句话,

就沿着林间小路走啦。

在浓密的枝叶间,

黑鸟已收拢羽翼,

月光笼罩着它的躯体;

一簇簇树荫垂落下来,铺展纱丽,

仿佛沉浸在梦境里。

深夜里没有一点儿风,

在午夜的湖水中

也不见昏黑的林影抖动；
睡意仿佛蒙着盖头，坐在灌木丛，
就像一个魔幻降落在森林中。
他默默地靠在巴库尔树干上，
而美丽的姑娘独自站立一旁。
在蓬乱秀发中间的那张脸很忧伤，
月光洒落在她的脸上，
她依然注视着过去凝望过的那条路径，
甚至不眨动一下眼睛。

何人走了,慢慢地离去,
走的时候说了什么话语?
是何人与远处的菩提树荫融为一体?
原来是一位美女在月色中伫立。
在无边的宇宙间,她的希望已经消逝,
今天在这个深沉的午夜里,
天空一片漆黑,她那娇媚的脸上挂着忧伤,
她伫立在残垣的一块基石上。

在西天,
明月已经落山。
小小的彩云展开雪白的翅膀,
带着明月之吻飘向远方;
昏暗的树影中那位美女面色抑郁,
在即将消失的月色中显得惆怅。

幸福的回忆

她静静地仰望着天空,
纱丽的一端滑落在月色中,
有多少光华仿佛
都润泽她的面容。
月光洒落在她的脸上,
又仿佛沉睡在她的眼中。
倒卧在柔软舒适的纱丽上
亲吻该是多么幸福惬意!
一只莲藕似的玉手搂着他的脖颈,
而另一只手放在他的胸口;
和风习习吹来,身体
在极度的快感中颤抖。
一枝攀缘匍匐的蔓藤
被风吹落在她的脚边,
一朵朵鲜花不停地摇曳,
惊奇地望着她的脸。
在远处,有人吹响了舒缓的竹笛,
心灵在极度幸福中淡漠世事。
令人陶醉的笑容占据
朱唇的一席之地。

仿佛有谁将她吻过，
适才刚刚离去；
花环上系着亲吻，
朱唇上挂着笑意；
月光之吻为他们的吻
增添了关切和甜蜜。
微笑围绕着这种亲吻
彻夜兴奋不已。
有谁仿佛就坐在她那里，
并且贴近她的耳边
说着甜蜜的话语。
在心灵之花的牢房内，
那些企盼想飞出去，
可又不晓得路径在哪里。
这种话语仿佛已融入
远处竹笛吹奏出的歌曲，
犹如连续不断的梦幻
萦绕在周围的田地。
口中含着这种情话，
翻过来掉过去地嬉戏，

自己听着自己的话语，
整个内心羞喜交集。
何人的容颜浮现在她的心田？
何人的微笑萦绕在她的眼前？
她迷失在何处，
回忆的甜蜜花林？
她仰望着蓝天，
月华笼罩着她的脸，
仿佛蜜蜂飞入幻境，
周围的歌声都已中断。

修炼瑜伽者

前面是浩瀚的大海,
明月已坠落西山,
修炼瑜伽者双手合十,
头上是无际的苍天。
他那蓬乱的长发披肩,
他静望着朝阳升腾的东部天边;
他赤裸的身躯修长,
宽阔的前额闪烁着亮点,
脸上呈现出平静安详;
眼睛凝望着虚空,
博大的胸怀沐浴着海风。
四周开阔而平坦,
世界的万物都已安眠,
唯有修炼瑜伽者傲立其间。
胆怯的波浪小心翼翼涌来,
冲走他脚上的土泥,
波涛缓缓而来,又缓缓离去。
一切都显得如此宁静,
宇宙世界也沉寂无声,
唯有大海那雄浑的歌吟——

仿佛满怀着虔诚，在用深沉的水歌
赞美太阳的东升。
今天他立在海岸，大海的波涛
无声地涌动在心灵的底层。
那无边的海洋，使四周的堤岸沉没，
波涛将尘世的海岸触摸。
修炼瑜伽者宛如一幅画像，
东升的朝霞洒在他的脸上，
在他身后开阔的方向，
苦行者在昏暗的深夜
闭着眼睛静静地禅坐。
东方天际射来一束霞光，
映照在苦修者的乱发上，
就像恒河伴随着星斗的闪烁，
降落在湿婆的发辫上。
那缕纯洁的霞光仿佛来自仙界，
照亮在他的前额；
凡间昏黑的深夜在他身后聚合，
无声地窥望而感到惶惑。
在悠远的海洋边缘，无边的昏黑海岸

已经显露出微弱的金色的光艳，
多么恢宏而神秘呀，就像大海中
升起的朝霞一般。
万物生灵激昂，无底深的大洋
凝望着东方大路的方向——
我的天哪，请看哪，
金色的花茎托起光芒四射的
金色莲花一朵！
看哪，请看哪，东方朝霞
已融入天宇那宽阔的前额。
那位贤哲突然双手举向苍天
诵唱起吠陀的经典之歌。

雨天

一个人坐在宁静的房间。

整个白天乌云漫漫,

整个白天云雾遮天,

整个白天阴雨绵绵,

整个白天狂风劲吹,

厚重乌云布满云天。

周围到处一片黑暗,

大雨滂沱,雷鸣电闪。

乌云的阴影低低地

笼罩着农舍茅屋,

笼罩着昏暗的树林顶端。

乌云的阴影仿佛牢牢地

守候在破损而隐蔽的道路边,

守候在浓密竹林的边缘。

我坐在僻静的房间窗前,

整个白天都感到茫然。

坐在房间里举目望着窗外,

雨点笃笃地敲打着地面,

雨珠从一张叶片滚落到另一张叶片,

被淋湿的小鸟蹲在枝杈间。

在棕榈树环绕的池塘里，
雨帘起落，舞步翩翩。
孩子们在水中醉心地嬉戏；
在昏暗笼罩的大树下，
少女们提着水罐，
沿着林间小路走向河边。
谁晓得我心里怀有何种希冀？
我深深地叹了一口气。
风儿呼呼吹起来，
枝叶沙沙响起，
哗哗地下起大雨，
树叶纷纷飘落在地。

拥抱

深夜意念

黑暗宛如安静的蝙蝠将翅膀合拢，
潜伏在成千上万的枝杈间沉睡不醒；
午夜的风儿踮着脚儿不时地走来，
叶片在树上摇曳，发出簌簌之声。

我毫无睡意，仰望长空，
一两颗流星偶尔滑落，不见踪影；
鸟兽沉睡，大地昏然不醒——
此刻只有梦幻在黑暗的底层
成帮结伙地游动于宇宙之中。

梦幻在游荡，在某处往返运动！
双目环顾黑暗的天空，
有上百种梦幻的幽灵，
从天宇彼岸走来，将黑暗洒满苍穹。
她们在周围飘游，在四处嬉笑，
望着天空呼叫："来吧，姐妹弟兄！
你们来吧！"她们语声轻盈。
有多少少女翩翩起舞，手拉着手，
而迷人的魔幻少女溜走时惊恐。

她们仿佛从我的身边走过：
有的在我头上，有的偎依在我怀中；
有的潜入我的心里窥探，
有的附在我的眼皮上面上下晃动；
有的从我的头上飞过，
有的转过身来注视我的双眸——动情。
现在我仿佛听到了轻盈的脚步声，
小小的脚铃清脆而动听。
我激动得忘记眨动眼睛——
仿佛我马上就会看到
眼前那些梦幻的阴影。

来吧，让我看看你，
令人陶醉之梦。
你从哪里来，又往何处去？
不论你走到哪里，看见你
就是我最大的希冀。
你进入黑暗的心田，彻夜不停地嬉戏。
清晨你逃向哪个家国，又奔向何地？
看见朝阳的容颜你为什么如此羞赧？

不知你整天在何处做着什么事。
你们这些梦幻少女睁开惺忪的睡眼，
只是坐在天堂花园里把花环编织，
只是柔声细调娓娓地哼唱小曲，
听着自己哼唱的小曲你们沉沉入睡。
今天周围的一切都昏睡不醒。
揭开这厚重的帷幕，我的心灵，
你再一次伫立在梦幻的王国中。
在酣睡的海水里，在漫漫的黑暗底层，
哪一个新王国向四周拓展不停？
四周是什么东西走来走去？天堂人间
一旦融合，最终界限就漫漶不清。

有人欢笑，有人哭泣，
有人出走，有人留在这里，
建设、破坏、融合、分离
不停地捉迷藏，眼睛是看不见的。
有多少光明阴影，有多少幻想希冀？
有多少嘈杂喧嚣，有多少悲愁恐惧？
有多少飞禽走兽，又有多少人类群体？

举目仰望，夜空何等静谧！
没有呼吸，仿佛宇宙已经窒息。
设想一下，在黑暗的帷幕后隐藏着
何等深沉的喧嚣和意念的游戏，
整个世界就是一个梦幻的大会聚。
我心里默想，这什么都不是，兄弟。
清晨醒来，看到周围的一切，
就觉得这只是意念的游戏。

梦幻啊，你来到我面前瞧瞧我，
请用你的翅膀载我去游玩。
我们彻夜漫游在心扉的边缘，
清晨我们一起让心灵去戏耍。
女孩已在母亲的怀里睡下，
请把我再一次带到她们心扉的旁边。
我会在心灵里窥测到晨曦的温馨笑颜，
充满玉液的心灵也会喜悦翩翩。
那一对相爱的情侣静卧在花园里，
脸对着脸，足贴着足，宛如共眠。
坐在他们的心灵旁边我心生一愿：

我要施展魔法，让离别不再出现。
沉睡者的眼角会闪现泪花，
离别时的悲楚将会传遍心田。
他们忽然醒来，顿觉惊恐战栗。
两个年幼的兄弟互相搂抱着沉睡，
以双倍的眷恋把对方搂抱在胸前
我们要走进他们的心田。
鲜花般的温柔之心有时会恐惧颤抖，
在阳光下有时会激动得露出笑颜。
如果我是个喜欢梦游的精灵，
我就身着多种服饰去许多国家旅游，
去沉睡的大海中四处漂泊；
去漫游沉寂的星辰宇宙，
只想悄悄地游遍世界五大洲。
若心灵里出现无数的希望和惊恐，
我会从内心里说出怜悯的安慰话语，
清晨望着东方回想曾经发生的一切。
醒来后发现悲伤者被我搂在怀中，
于是我小心翼翼地为其擦拭含泪的眼睛，
虚弱的爱情生命刹那间新力倍增。

梦幻啊，假如我也是梦幻，

那我就进入此人的心田，

她可能不想让我离去回返，

我就在她心里漫游唱歌，

在她心里夜夜不停地娱乐。

清晨降临，我们一同进入光的王国。

白天她从来不肯向我敞开心扉，

不听我的话语，也不理解我的歌曲。

我若能用魔幻咒语悄悄打开她的心扉，

我就能向她讲解我的这些歌曲。

次日白天我再去她的身边，

难道她就不想再看看我？

（以上 8 首选译自《画与歌》）

我来到这个世界是想听人歌唱，也在心里吟唱着编织曲调之网。

1885—1886年

生命

在这美丽的世界我并不想死,
在人世间我还想活下去。
在这春光明媚的百花园中,
我要为那活着的心灵寻找归宿。
生命的波涛永远翻滚着浪花,
有多少含泪的欢笑婵媛着离别与团聚。
我若能建造一座不朽的诗歌大厦,
我就要把人类的悲喜织进诗歌里。
否则我活得再久又有什么意义?
在你们中间仿佛还有我的位置,
清晨和傍晚你们都去采撷花枝,
我可以让那些新歌绽开蓓蕾,
然后请你们面带笑容地去采集,
如果花儿干枯了,你们可以将其抛弃。

故事

白昼何时躲进云的王国,
淫雨霏霏全天不想停歇。
翅膀被淋湿的小鸟忘记唱歌,
静静承受雨淋的还有林木藤萝。
坐在漆黑的房里听着潇潇雨声,
有多少故事浮现在心窝。
有时心中响起一种旋律,仿佛所有的故事
都真实地发生在新的世界。
有多少往事已经逝去,就像飞走的云朵,
美好的人生匆匆流过。
一位王子轻松地出游某一个邦国,
渡过多少大川和大河。
一位手戴闪光宝石的纳格族少女
坐在湖边的台阶上梳扎着发辫。
在遥远的印度河岸,在一个罗刹的窝点,
国王的女儿曾经在那里长眠。
她的笑颜美如宝石,
可从来没有被人瞧见,
滚落的泪水宛如珍珠一串串。
七位兄弟个个如同羌芭树一样强健,

小妹出落得如同巴鲁尔花一般娇妍。
无论可能还是不可能，大家都住在一起，
兄弟间有真诚也有误会。
世界上本无羁绊，本无强行拦阻，
也缺少造物主的规范法度。
欢笑啼哭亲身载负，秋天的光和影
只是把人的心灵爱抚。
今日的白昼已经逝去，宇宙的儿戏
在光明黑暗交替时结束。
啊，再也没有假日，
云雨的统治也已完结，
又逐渐恢复了自然的法度。
中午的太阳炽热骄横，
谁会在室外遭受炙烤之苦！
难怪大家都期望营造自己的房屋。
人们竭诚努力，何时才能把房舍造完，
这就好似一场赛跑最后到达了终点。

乞讨女

在杜尔伽[1]即将降临之际,
全国到处充满喜气。

你看那富贵人家的门旁
伫立着一位行乞的少女。
清晨她就听到了
节日的欢声笑语,
于是今天她就走出
缺少欢乐的家门,
来到富贵人家的门旁,
想看看喜庆的场面。
节日的竹笛已经吹响,
她全神贯注地在欣赏,
她那惆怅的眼神中闪现出
难以实现的幸福的梦想;
周围到处是明媚的晨光,
她感到赏心悦目,兴奋异常。

---

[1] 杜尔伽:湿婆的妻子,是孟加拉地区印度教徒虔诚敬奉的女神,又称阿侬德摩伊。这里指杜尔伽祭节即将到来。

天空的云层中闪耀着
金秋光辉灿烂的骄阳。
多少人来了,多少人又离去,
有人欢笑,有人歌唱。
有多少种颜色的服装首饰
镶嵌着熠熠闪光的黄金宝石,
有多少亲朋好友仆人婢女,
一簇簇鲜花,一片片绿叶,
犹如海市蜃楼的美景
统统映入她的眼底。
你看那个心中迷茫的乞讨女
正在那里凝视。
她听说,母亲已经回到家里,
所以世界才充满欢乐和喜气,
她从来没有得到过母亲的抚爱,
母亲又怎么会来看她呢?
所以她才眼泪汪汪,
泪水遮住了她的眼帘!
女孩仿佛望着母亲的脸,
忧伤而又委屈地说:

"啊,母亲,这是为什么?
这么多的笛声,这么多的笑语,
你有这么多的宝石服饰!
如果你是我的母亲,
为什么还让我穿着这种脏衣?"

一群幼小的男孩女孩
就像兄弟姐妹一样亲密,
他们在院子里翩翩起舞。
小姑娘手扶门框,
站在那里对他们凝望。

她叹了一口气默默地想：
"我同他们不一样。
我母亲虽然也爱我，
可是却不给我新衣裳；
清晨她虽然也拥抱我，
可是却不为我擦拭眼泪。
我自己没有兄弟，
唉，又有谁肯呼唤我呢？
谁的母亲回来后不对
自己的儿女表示慈爱之意？"
难道心中迷茫的乞讨女
只能站在富人的门前，
观赏节日的庆典？
当她的内心变得黯淡之时，
竹笛吹出了怜悯之曲；
门边那双噙着泪水的眼睛
流露出十分凄楚的笑意。
在今天这个节日里
有多少人在挥洒泪水。
没有家园，啊，没有爱怜。

070

在尘世间她没有亲人。
哪个母亲会两手空空回到家中？
孩子们跑到她的身边，
她没有什么东西可以馈赠，
唯有满眼的泪水相迎。
母亲们，你们都来吧，
你们把这个孤儿抱在怀里吧。
失去母亲的孤儿如果没有妈妈，
今天算是什么节日啊！
如果她继续伫立在门旁，
表情呆木而忧伤，
那么芒果树枝纯系虚设，
幸福的瓦罐也只会呈现假象。

林荫

哪里有树荫,哪里就有林中碧绿的惬意。

河边的树木整日都在悄悄絮语,

河川在流逝,远方有它理想的居所;

哪里有树荫,哪里就有林中碧绿的惬意。

森林的边缘在何处同蓝天连在一起?

那是一眼望不到边的悠远之地。

和风从远处吹来,又向远处吹去;

回荡的民歌在何处留下足迹?

讪笑、笛声、笑语,纯净欢乐的气息,

十二个月都汇聚在墨绿的河畔的绿野里;

有人嬉戏,有人荡秋千,

有人在绿荫下瞌睡小憩,

唯有时光伴着潺潺流水

不停地流逝。

有人用巴库尔花把花环编织,

有人犹如影子,坐在树荫下哼唱小曲;

有人在某处悄悄耳语,

有人把秀发解开,又慌乱地梳成发髻,

不让长发遮住眼睛,就用手指将其撩起。

手镯失落,就在树荫林丛中寻觅。

树林的旋律

在树林深处的无人之地，

有人吹起竹笛，

笛声中夹杂着一对鸽子的欢歌。

多少枝叶轻轻吟唱森林之曲，

多少心里话与林曲相互重叠交织。

千百种枝叶蔓藤在摆动嬉戏，

多少细微的光影闪烁在林莽，

多少男孩女孩同它们玩耍嬉戏！

从何处传来淙淙的流水声？

头上何处的枝叶蔓藤在瑟瑟战栗？

那光影，那男孩女孩在何处戏耍不停？

那杂乱的欢声笑语回荡在何处的花丛里？

哪里有淳朴的心灵，哪里就有深沉的歌声。

凉爽的林荫就是林中碧绿的惬意，

无限的静谧中就有心愿的栖息地。

铁石心肠的母亲

啊,大地,生灵的母亲!
我听到大家都叫你亲娘,
可是他们哭喊着来到你的身边,
为什么又哭着远走他乡?
儿女们既然来到你的住处,
为什么他们的愿望不能满足?
为什么大家企盼,又为何啼哭?
为什么啼哭也得不到爱抚?
为什么这里的人心如石杵铁棍?
为什么大家都如此冷酷?
有人哭着来到你的门口,
为什么又要把他驱逐?
有人哭着来了又离去,
为什么你不为他哭泣?
这难道就是你这位母亲的脾性?
这难道就是你做母亲的仁义?

书简

——乘船旅游归来而作

（致最亲密的朋友普里耶纳特·森[1]先生）

陆地上到处叽叽喳喳，我便在水上安家。
大家都放开喉咙，使劲地大声喧哗。
廉价的作者使出浑身解数，大吹大擂，
在有钱人的身上挥舞笔杆，猛泼墨水。
住在这里嘈杂的市场上实在太难，
乱哄哄的喧闹令人意乱心烦。
每当听到震耳的噪声而心情压抑的时候，
我逃往何处，逃往何处？我真想投入激流。
我怀着会晤恒河的希冀在恒河上漫游。
于是我没有告诉你们就悄悄溜走。

我来到这个世界是想听人歌唱，
也在心里吟唱着编织曲调之网。
谁还能听唱歌？野小子们在奏乐，

---

[1] 普里耶纳特·森（1854—1916）：是诗人泰戈尔最亲密的文学挚友，他在诗人泰戈尔困难时给予他多方面帮助。他通晓孟加拉语、英语、法语、意大利语。泰戈尔曾为他的文集《一束鲜花》作序。

操弓嘭嘭嘭像弹棉花，知识被震破。
有人大喊大叫，神气十足地说：
"不管听不听唱歌，都仔细听我说，
听着，我来解释什么叫歌。"

他诠释，他解说，趾高气扬。
有人看见他两眼通红，手舞足蹈。
"太阳月亮在天幕上徒劳地发光，"
他说，"我要发光并把别人照亮。"
春天用树林之琴把乐曲奏响，
他不喜欢聆听此曲，不住地把头摇晃。
他要大家用他的曲调唱三种歌谣，
没人学唱，关键是不懂那种曲调！
卖报人手里拿着报纸走来走去，
宁静乘着三百箩筐的大风向孟加拉告辞！
一些无所事事的孩子用报纸制作小船，
花一两分钱他们就会掌舵驶向对岸。
一听说价格低廉，大耳朵的人就跑过来，
因此孟加拉邦处处又腾起了滚滚尘埃。
矮小的"雅利安人"野草般地冒了出来，

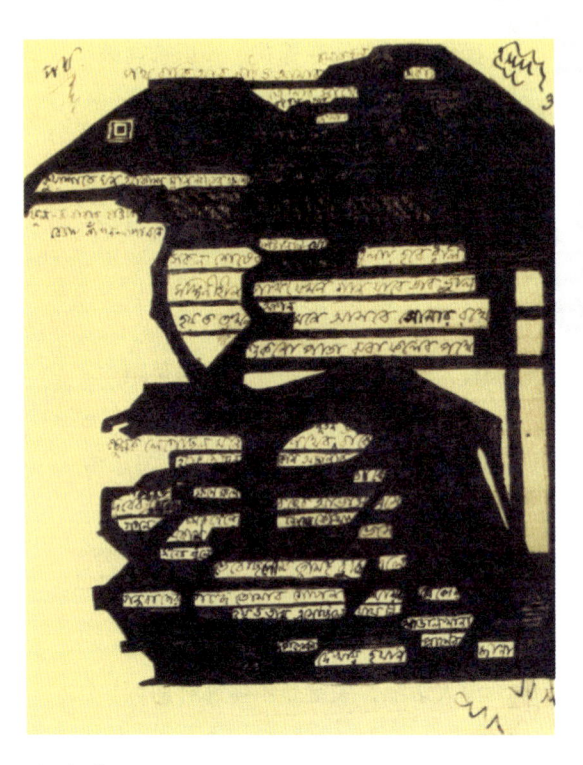

两只怪兽

他们尖长的舌头犹如柳枝垂落脚面。

他们说:"我就是科尔基[1]。"他们要转世!

转世中他们走过无数王国的小巷街区。

乡村这么多故事,我能讲几个!

孟加拉邦曾有野猪转世的传说。

它用牙齿从污泥中把印度教经书叼起,

一咬牙它就显现出要叼东西的样子。

彻头彻尾的假话,骗子大叫大嚷,

摇唇鼓舌是一群小丑的特长。

言语的洪水卷起泡沫并没有匆匆漂走,

我在恒河母亲的怀抱得到庇佑。

这里平静的河水潺潺流淌,

背负着山国之歌奔向海洋。

徐徐和风在水面荡起涟漪,

天上的明暗与涨潮落潮嬉戏。

河岸上一排排树木犹如绿色波浪,

---

[1] 科尔基(Kalki):印度神话传说中毗湿奴的第十次转世化身,他的形象显得污秽而贫寒。

整个白天没人看见它们摇晃。
东岸朝霞微笑着俯瞰树梢，
黄昏缓缓降临在西岸的树丛。
岸边响起螺号声，徐徐传入耳中，
黄昏星凝视着大地母亲。
明月从桎柳树林的后面悄然升起，
晚灯在漆黑的岸边显得更加明晰。
我已经沉浸在这宁静的水中居室，
忘却了嘈杂喧闹，感到十分惬意。
兄弟你可知我是水中的生灵，

自己心里想游泳,我就日夜漂游不停。
我登上河岸晒太阳,闭目养神,缓缓呼吸,
我意识到有人在此,就胆怯地向前走去。
一旦发现情况不妙,我就重新潜入水里,
我就这样躲躲闪闪地打发日子。
你为什么抛下钓竿坐在干燥的陆地?
你想用钓竿挂住我的胸脯使劲儿拉起。
我要把你拖入水中,你要把我拉上河堤,
你不认输而且稳健地坐在那里。
我没有失败,你也没有赢得胜利——
我仰卧在岸边的地上气喘吁吁。
兄弟,再没有什么可说的,收起钓竿快回家去,
罗宾德罗纳特已经被俘获,你快击鼓庆祝胜利。

致印蒂拉女士[1]

——我最亲爱的人

噢，母亲[2]，我这首歌曲

一传到你心里，瞬息间便消失。

我的心声，

不眠的激情，

母亲，难道会像叹息一样飘逝？

愿这首歌曲将你萦绕，

沿着真理之路把你呼叫。

透过人世的悲欢，

我凝视着你的容颜，

我永恒的祝福回响在你身边。

愿它像伴侣同你住在一起，

时刻倾听你心中的希冀。

愿它看到你跌入

人世间的险境而痛哭，

---

[1] 印蒂拉（1873—1960）：诗人泰戈尔最钟爱的侄女之一，即他二哥绍登德罗纳特（1842—1923）和二嫂甘丹侬蒂妮（1850—1941）的女儿。
[2] 母亲：孟加拉人对女人的一种尊称。

也和你一样伤心叹息。
当尘世的诱惑裹着蜜糖毒语
向孱弱的心灵袭击之时，
这歌声用自己的
曲调注满你的心池，
像祈福的咒语在你耳畔响起。
漫长的一生，愿我这支歌曲
既是你的衣裳，又是你的首饰，
阻隔人世间的飘浮的尘埃，
使你保持洁净和美丽。
愿我这支歌曲不被阻拦，
化作自由的和风，舒展双翼，
像是一股香气，
裹挟着你，去寻找和昭示天堂净地。

愿这支歌做你的北斗星，
不瞬地廓清长夜的黑暗；
满怀着爱意和清醒
俯视着你的面容，
为你指明海岸之路而睁大眼睛。

愿我这支歌传入你的耳中，
完全融入你的整个生命，
像沸腾的热血，
在血管里流动，
舞蹈翩跹，伴随着神圣的歌声。

愿我这支歌活在你的心中，
成为你明亮的眼睛。
愿它时时给予
你新的活力，
让你在人生事业中获得生命。

如果我远行，死神把我召去，
我就把慈祥的眼睛留在这支歌里。
唉，当所有的歌曲泯逝之时，
愿我仍然能够活在这支歌里。

等待尘埃里的财宝

树欲静

完美的伸展

竹笛

喂，你听，谁在吹奏竹笛？
林花芬芳与笛声旋律融为一体，
竹笛一旦触及嘴唇，微笑即被盗去。
情人的微笑伴着甜蜜歌声向心灵深处飘移。
喂，你听，谁在吹奏竹笛？

灌木丛中的蜜蜂伴着笛声嗡嗡鸣啼，
巴库尔树听到笛声也激动地绽现花姿。
贾木纳河的潺潺水声传入耳中，心在哭泣。
天上一轮明月微笑着对谁凝视？
喂，你听，是谁在吹奏竹笛？

渴望

今天，在沐浴着秋阳的晓梦中，
不晓得心灵有什么渴望。
雄鸟和雌鸟在赛法莉树枝上高声
述说着什么，又把什么歌儿吟唱？
今天心儿沐浴着甜蜜的和风不再忧伤，
心绪不再独守空房。
心灵向往何种花枝、何种芳香？
它向蓝天驰骋翱翔。

今天，四下里仿佛没有人，
早晨好像是白忙一场。

于是，心灵环顾四周哭着吟唱：
"不是，不是，不是这样！"
她呀，披头散发在哪个梦乡，
在哪个绿荫清爽的天堂？
今天，她怀着离愁别绪，
在哪个花园里为我流泪悲伤？
如果我谱写歌曲，啊，激动的心灵！

这首歌我唱给谁听？
如果我用花枝编织花环，
我把这花环挂在谁的前胸？
如果我把我的生命奉献，
那么我把它献到谁的足下？
为避免由于疏忽而使别人苦痛，
心灵总是小心翼翼战战兢兢。

小花

我只用一朵朵小花编织花环，
这种小花说话间就会枯干，
既然如此，就随它去吧，不必伤感。
我要采集花朵于这无边的海岸。
处于黑暗和置身于石牢里的人们，
如果能戴上我编织的这个花环，
他们就会立即感到幸福，
就会忘却残酷束缚的悲酸！
小花呀，你把自由和深深的信赖
连同自己的芬芳带给人间——
在短暂的梦境把阳光带入人的心田。
看到小花，有人就会想起
浩渺的宇宙、无垠的蓝天。

芳躯

我深爱你这美丽的芳躯,
生命就在你的玉体里孕育。
就像被露珠润湿的摇曳的花朵,
层层散发着青春的气息。
周围的世界嗡嗡嘤嘤,
那是饥渴的蜜蜂日夜劳作不停。
钟情的和风摇动着你的耳坠,
脸上呈现出满月般的迷人笑容。
整个玉体散发出温馨的香气。
哎呀,宁静的闺房在哪里?
被玉体包裹着的孤寂之心
从柔软的卧榻上传出声声叹息。
十五岁少女,宛如春天的花环一般,
我要将这玉体轻轻揽入胸际。

歌的创作

这只是懒惰的幻想、云雾的游戏，
这只是心灵之渴望，乘风离去，
这是在自己心里将花环编织、毁弃，
短时间的哭笑随着歌声中止。
在碧绿的枝叶间和明媚的阳光下，
鲜花总是不停地与自己的影子嬉戏。
这种花影的游戏发生在春天的和风里。
在魔幻的国度我仿佛迷了路，
整天心不在焉地四处转悠漫步。
仿佛我在某处采集鲜花，要向某人献出。
黄昏时刻悲楚的落英在林中纷纷飘舞。
这场游戏还要继续，啊，谁来做游戏伴侣？
如果想起什么，如果有谁走近身边，
我就胡乱地唱歌，有人会听，有人不会听！

黄昏的离别

黄昏归去频频回首,发髻松散,
金色衣襟受到巴库尔花枝的阻挡,
殷红的足印留在贾木纳河畔,
满眼无言的别绪,以红绸系着两岸,
这神色黯然的新娘步入凄冷的洞房。
黄昏星立在身后观看,眼神忧伤。
欲哭的贾木纳河为何不哭个天昏地暗,
只怀着一颗破碎的心潺潺流淌?
柽柳林中的土地常发出深沉的叹息。
天堂的如意树下站着七大贤哲,
忘了祝福,凝望着西方的路。
子夜依然清醒,几绺乱发将面孔遮住。
无人张口说话,也没有叹息,
绝望默默地退往自己的坟墓。

渺小的无限

无限的日夜是时间的激情,
在其中间只有一个瞬息,
一个甜蜜的黄昏,一丝和风;
微弱的光明与黑暗聚合之地,
在其中间只有一朵茉莉,
一缕蕴含着笑意的芳香。
她纤小的朱唇不管是否被触及,
她都会欣慰地开启。
她自己会欣喜地凋谢坠地。
全部无限存在于瞬息间,
而茉莉就长在一片森林的边缘;
瞬息间存在着无限,
如同鲜花转眼之间凋零,
无限就在自身中自我消隐。

清醒的努力

你是何人,是我的母亲?
请过来,坐在床边亲切地把我唤醒。
在梦幻的墓穴中我怎么能生活?
我奋力清醒———唉,眼睛却闭合。
别,别叫我,别把我纳入渺小之列!
别让我沉溺于温馨的懒惰,
请为我祝福,派我去工作。
别流着泪叫我走回头路,
难道我就不能用我的力量为他人造福?
难道谁都不能从我的生命中获得新生?
难道怜悯只意味着抛洒眼泪?
难道爱恋只意味着在屋角里吟唱歌曲?
啊,母亲,能为别人做些事情,
我今生的羞愧必将清除干净。

诗人的傲气

为什么我会唱歌就傲气十足？
为什么因为只会唱歌我就不羞愧直哭？
啊，母亲，像笼中鸟一样唱着歌死去，
这难道是古今人生的结局？
没有幸福啊，只有内心的悲戚。
面对海市蜃楼，我只会干渴而死——
是谁在诱惑和制造虚假的不朽？
心里痛苦难道唱歌就能活得长久？
你是谁啊？如此虚弱，如此忧愁？
请立即召唤我走入你们中间——
让我们坐在一起拭去泪水，
把可恶的傲慢、虚假的委屈赶走。
然后让我们一起干一番事业，
把歌声哭泣统统抛到阴山背后！

真实

一

在人群中行走,我感到恐惧,
因为心中的光明已经消失;
听到别人议论,我羞得要命,
想着该怎么办,不禁胆战心惊!
"光明啊",我在别人的眼里找你,
"光明啊",我一路找你一路哭泣,
最后我倒在泥土的床铺上——
每前进一步都万分恐惧。
你用闪电打破黑暗吧,
即使心被击碎也是好事。
没有窗户的房屋如同监狱——
摧毁它吧,让天堂之光照亮那废墟。
唉,世界的阳光藏在哪里?
我要沿着笔直的路勇敢地走下去。

二

无限之美,你独自站在
幽暗的太空,点亮亿万星辰。

睁开深沉柔和的眼睛,面带
永恒圣洁的笑容,朱唇喜悦。
"幽黑"触到你的脚,无比兴奋,
双方的羞涩、胆怯融为一体——
凡世抬起头来,对你凝视,
看到自己的荣耀,心中欣喜。
我的心灯熄灭,这里一片漆黑。
请把它从地上捡起重新点燃,
把它高高地挂在你日夜
守护的北极星的遥远天边,
从此它永远清醒,不会熄灭,
永远照耀漆黑的彼岸。

(以上 17 首选译自《刚与柔》)

如果宇宙做梦，这梦该属于何人？
难道这就是无生命无爱情的失明之黑暗？

1899—1900年

自负

我是荆棘，是无用之物。
为此我内心总感到痛苦。
为什么我请求大家来支援？
因为我没有房舍，没有住处。
非常敏感、非常渺小的自负
无法忍受一丁点儿屈辱。
最先在众人面前显示自己，
是担心渺小而不为别人关注。
我要在黑暗中滚上一身泥巴，
我不要，不要这可悲的傲骨——
我要安于自己的贫穷隐匿不出，
我不会去企求别人的施舍救助。
如果心灵能长久平静下来，
睡在谦恭的泥床上也觉得舒服。

自贱

你面带微笑,擦干泪珠,
凝望着这缤纷世界的万物。
不理会敬慕、蔑视、悲欢,
心情愉快地呼唤大千世界。
有人爱你,有人不爱你,
有人远去,有人走到你身边——
若想在自己的圈子里建房屋,
忘掉自己才能永久居住。
我不是乞丐,是富人的后裔,
爱的宝库藏在我的心里——
只要愿意,我可以奉献
我心里清澈的幸福之泉。
我为什么要自贱自辱,
挨门串户地去乞讨食物?

渺小的我

我懂了,朋友,我为什么哭泣,
为什么我总是生自己的气。
我懂了,为什么我没有成就,
我在而你不在,所以不满意。
在一切劳作中我发现自己——
渺小的我饥肠辘辘,伸出
干瘦的手臂紧紧搂抱自己,
唉,搂抱自己皮包骨头。
主人安在?你英俊的脸在哪里?
哪里是大神萦绕天宇的笑声?
请把我掠走,请把我藏起来——
让我在你中间,永绝红尘。
渺小的我总那么神气活现,
主人啊,请击碎他的傲气。

请求

你看，由于你不在身边，朋友，
"我伟大，我伟大！"人们才如此吹牛。
趾高气扬地站在人前胡诌：
"这个世界上什么都不值一提。"
主人啊，你面带微笑再来一次吧，
让他们都感到羞愧而逃走，
让苦乐融入你宏大的幸福，
让光明黑暗融入你的光芒之中。
否则我会在这里沉沦死去，
否则心里的恸哭就不会停息。
我渴求玉液，只抓到一把尘土，
向往爱情，却戴上死亡的枷锁。
我时而跌倒，时而爬起，笑声伴着哭泣。
游戏室一旦坍塌，就会变成墓地。

欲望的陷阱

我做了我所眷恋之人的俘虏,
我属于他而他却不属于我。
所谓获取实属虚伪的自诩,
想束缚他人,我自己反被束缚。
窥见大门已开的欲望的宝库,
我用双手去把大量珠宝攫取,
想带走,可太重迈不开脚步,
成为负担的赃物竟为盗贼所窃取。
长期以来我向大地借债太多,
如今我已经把路费备足,
可我忘了这是在捆绑自己——
抱着盘缠末了待在监牢里。
小舟载着欲望的重物在渐渐沉没,
心里不肯弃舍,却又无可奈何。

永恒

一

哪里是黑夜白昼,哪里出现日月星斗?
谁来了谁又走,哪里是生命聚会之地?
谁在欢笑谁在唱歌,哪里是心灵娱乐的场所?
哪是路哪是屋,游子在哪里,何处是迷途?
从世界这大树上飘下的叶子落在了何处?
在无限中拼命漂浮,总找不到归宿;
季风沿着天路不知疲倦地吹拂,
枯叶绿叶混杂着树枝纷纷扬扬飘落。
如此多的破坏和创造尽在宇宙中。
如此多的乐调和歌曲,如此多的哭泣和低语!
人在哪里,何处是海波巨澜,何处是海岸?
一切被毁之物沉没在深不可测的海底。
人们相聚的清净处,光明消逝在昏暗里,
唯有一个"永恒"长住在天际。

二

你为何坐在这里,望着何人?
你看见何人向毁灭的彼岸行进?

你久久地倾听远处何人的脚步声?
你犹如一个久别之人彻夜清醒。
你怀着无限惆怅常常叹息,
毁灭之风也在悠远的天宇哭泣,
不知它要冲破天网逃往何地。
在无限黑暗中无人愿做你的同伴,
我们心里的希冀无法进入你的心底,
鸟类的啁啾传不到你的耳朵里。
你那僻静的寓所与大千世界融为一体,
你宁静的房舍为千百种声音所维系。
我笑我哭我爱,却没有你的哭笑爱意;
我来我往我离去,留下多少影子和遗迹!

三

来了,住下,融合,难道这全是幻影?
只有你一人,其余的存在皆为虚空,
于是世世代代才花谢花又开?
获得生命奉献生命,这难道只在死亡脚边?
这种花谁都不要,也不能作为祭祀的礼物。

这生命，这生命的希望毁于无限的虚空。
宇宙之歌响起，聋子登上宝座。
宇宙生命在哭泣，泪水洒向天宇。
谁人会获得划时代的爱情，不是在三界。
万物生灵日夜沉醉在希望的梦幻里——
听到了笛声，难道那是徒劳的幽会？
不要说一切都是梦幻，全是虚假的欺骗——
如果宇宙做梦，这梦该属于何人？
难道这就是无生命无爱情的失明之黑暗？

四

声响寻找回音，生命奋力寻求再生。
世界依靠自身寻找对自己的回赠。
爱情在无限中萌生，无限之债需要还清，
奉献多少就能获取多少，决不会失衡。
大地每天奉献和回收的花朵，数量相同。
多少生命诞生，就有多少生命的成长。
富人献出他的一切，也不会变穷。
同一种爱的获取和奉献就在无限宇宙中。

大地用嫩绿的青春礼物不论祭拜何人,
她每时每刻都获得新鲜的青春。
爱情热恋着爱情,这爱情之海在何处?
生命奉献,生命回归,何处是无限的人生?
奉献渺小的自我,我在何处获得无限的自我?——
难道它在无生命无爱情的失明之黑暗中?

致孟加拉大地

母亲,你为什么眼巴巴地望着他们?
他们不要你,不再爱你!
不认你是他们的母亲!
他们不会,决不会给你什么——
他们只会撒谎,假装亲近。
你慷慨大方,赐予全部财富——
恒河圣水、金色稻谷、
知识、教义、乐善好施的故事……
他们不会,决不会以一物回报——
他们只有制造谎言的肮脏灵魂。
母亲,心里的痛苦深埋心底,
强忍眼里的泪水。
母亲,请把脸藏于泥榻中——
忘掉那些不肖子孙!
展望未来,计算时辰,
看长夜能否消遁。
母亲,诉说哀怨有什么用处,
他们心肠似铁,利令智昏。

致孟加拉人

别叫我别叫我再唱歌!
这难道只是微笑的游戏、繁多的娱乐?
只是谎言,只是欺骗?
别叫我别叫我再唱歌!
这是泪水,这是失望的叹息,
这是受辱的言辞,这是贫苦的期冀。
这是撕心裂肺的剧痛,
这是沉重的悲酸。
这难道只是微笑的游戏、繁多的娱乐?
只是谎言,只是欺骗?
来这里难道我是荣誉的乞儿,
为博得掌声而写歌词?
难道为撒谎假装写作,
为沽名钓誉通宵不眠?
今日谁埋头苦干,头脑清醒?
谁渴望将母亲的耻辱涤清?
谁潸然泪下,在母亲足前
倾吐真诚的心愿?
这难道只是微笑的游戏、繁多的娱乐?
只是谎言,只是欺骗?

呼唤之歌

我听见了——
号角已响彻大地，
大家高举着旗帜走来，
孟加拉人在哪里？
孟加拉的大海之滨
回荡着低沉的哭泣，
"你是何人，住在孟加拉人的家里？
出来吧！"呼叫声迭起。
家家户户的大门为何关闭？
路上为何不见行人的踪迹？
全邦的人仿佛都已死去——
活着的只有哀痛悲戚。
恒河凝视着雪山冰峰，
只是在默默地奔涌，
太阳月亮升上无限的天空，
升起又落下，反复无穷。
多少危机、多少痛苦，
留给了人类的后代，
在人类后代的家里有过
多少争吵、多少哭声！

多少兄弟相互怀疑，

彼此从来不尊重；

嫉妒的女妖往他们心里

喷射一口口毒气。

隐藏在心中的苦痛，

在怀疑的黑暗中挣扎，

如今谁还会给予慰藉，

谁会使对方得到安生！

应该消除恐怖、痛苦、悲愁，

应该为此而战斗。

世界上响起了呼唤——

倾听吧，战士们！

世界在呼唤自己的儿女。

大地上正掠过狂风——

多少兄弟走出家室，

去寻找自己的兄弟。

消息传到孟加拉人的茅舍，

大家是否已经知悉？

诗人可曾觉醒，用雷云般的

雄浑声调宣讲此事？

是否有人心情激动？
是否有人睁开了眼睛？

可有人砸碎私欲的玩偶，
离开了游戏室？
为什么他们窃窃私语，疑虑重重？
为什么如此羞愧惊恐？
请打开大门，丢掉恐惧，
走进大千世界。
倒在大地泥土上的
是麻木的身躯，
好像幼虫蜷曲着身子，
在那里沉睡不起。
世界在奔向自己的工作，
四周回响着它的欢呼声，
在四周无限的天空中
回荡着天堂的歌声。
四周人类的伟大尊严
高耸入云端。
人类在无限中寻找

自己的界限；

他们不相信别的什么东西，

只晓得自己伟大辉煌——

他们在计算自己的气息，

一直在收集泥土。

为幸福和痛苦永远奋斗，

世界的战场就在这里。

在这里谁需要怯懦者的休息！

为什么你在沉睡？

你在泪涛中漂浮，

你在倾听别人哭泣——

你抬头看看，海岸在哪里，

赶快横渡这大海到对岸去。

呼喊声中大家修筑堤坝，

来吧，你快来参加——

面对困难而裹足不前，

难道只享受劳作的成果？

如果不胜任，就请你走开，

把你的位置让出来。

你可以倒在泥土里死去，

为何又如此哀泣？
哦，请你们看看自己的脸，
想一想，你们是什么人，
你们还有人的形象吗？
为什么孱弱得如同幼虫？
你们拥有历史和家族的尊严，
拥有"崇伟"的宝藏！
听吧，祖先唱过的那支赞歌
至今仍然在耳边回响。
他们仰望天空，
寻找星星运行的路径；
他们驾驶心灵之辇，
越过世界，奔向无限。
为了真理他们就像恰多克鸟，
满怀渴望的激动心情，
日日夜夜神志清醒，
关注着世界的事情。
为什么这里人人耳聋？
为什么心灵还不觉醒？
为什么世界的呼唤之歌，

雄鷹

唤不起人们的激情?
伟大庄严的赞歌传入耳中,
为什么我们听不懂?
这么多朝觐者唱的赞歌,
为什么唤不醒心中的希望?
进步的旗帜迎风招展,
为什么心灵不翩翩起舞?
霞光已经洒满云天,
为什么不高歌一曲?
我们为什么躺着,为什么观望?
为什么倒下面面相觑?——
人类的大潮歌吟着奔腾,
共享世界的快乐!
来吧,请走进村寨,走进光明,
走进沸腾的生活——
在无垠的蓝天下,我们
要和人类心心相印。
我们要掀起不尽的欢乐波浪,
跳起新舞,吟唱新歌——
把亿万人的声音变成一个声音,

来讲述世界的故事。
人类的幸福和希望
装在我们的心里。
采用亿万人的语言，
我创作歌曲；
在人类和人类的工作中
我们将赢得一个位置。
号角声已在孟加拉人的门前响起，
我已经听见，兄弟！
你快掸掉尘土，擦干眼泪，
脱下乞丐的破衣——
换上新装，鼓起勇气，
把低垂的头高高扬起。
今天世界的请柬已送到
你们的手里——
请脱下贫寒的装束，
抛弃奴隶的粗粝。
站在大庭广众之中的时候，
你们要面带微笑；
东方旭日的金光

将洒落在你的头上。
心灵的百瓣莲花将
冲破束缚而绽放,
清晨的阵阵幽香将会
在人世万物之间飘荡。
奋起吧,孟加拉诗人,
用母语给垂危者以生命,
世人将怀着对玉液的渴望
痛饮这种语言的琼浆。

他们望着母亲的面容

热泪盈眶——

在母亲的脚下，万物生灵

将被这歌声吸引。

因为世界上已没有空位，

孟加拉大地才泪水涟涟，

诗人在人世间吟唱赞歌，

请你为孟加拉争得席位。

诗人啊，这一次请用母语

吟唱世界歌曲，

愿全世界人人皆为兄弟，

让欺凌侮辱销声匿迹。

（以上9首选译自1886年出版的《刚与柔》）

空虚心灵的渴望

是什么人使我又一次
发疯发狂?
心灵仿佛就像石头一样,
冷漠而凄凉。
如果爱河又一次给生命
带来新的力量,
它就会从石头缝中跃出,
沿着涨满的河床流淌。
是什么人用他那双眼睛
又一次窃据我的心房?
是什么人使我又一次
发疯发狂?

大地何时又会
焕然一新?
为了何人的爱情
天堂将要降下怜悯?
何时我在午夜听见夜空传来
深沉的歌声?
不论我朝哪个方向张望,

都会看到新的生命；
少女般的朝霞总会带来
新的喜悦温馨。
大地何时又会
焕然一新？
我这生命之线将
系于何方？
爱情之花在何处的幽暗中
激动地绽蕾开放？
在何处有我那
最深沉的渴望？
我的歌声、我的心灵
在何人的身旁？
什么样的明月在何处
天空的云层中躲藏？
我这生命之线将
系于何方？

许多天来大地一直
缺乏生气，

就像被布遮盖的鸟笼,
昏天黑地。
没有枝杈,没有绿叶,
没有翅膀,
没有画面,没有歌声,
没有太阳;
生活就像无光的小舟
在黑暗的水中行驶。
许多天来大地一直
缺乏生气。

大家仿佛迷失在
魔幻的牢房里,
昏睡的绳索数百圈地
缠绕着身体。
犹如有人和魔鬼一样,
关门待在这里。
我不晓得何人有一根
点金棒,
它一触碰,就会响起

悦耳的乐章。
大家仿佛迷失在
魔幻的牢房。

她将揭开这厚重的
尘土的帷幔,
瞬息之间她用双手
把世界唤起。
她的笑颜将会吸引
众人的笑声,
她要建房子,生活将唤醒
温馨的爱意。
大自然这位新妇要穿新衣,
渴望甜蜜。
她将揭开这厚重的
尘土的帷幔旧衣。

她望着我就会令我
发疯发狂。
她带着甜蜜的微笑,

唱着生命之歌走进心房。
她的眼里不知不觉地
流出了激动的泪水，
就像瀑布在我的世界
上面倾坠流淌。
她将越过所有的话语，
把自己的心语献上。
她望着我将会令我
发疯发狂。

翩翩起舞

此时和彼时

雨季解开她那乌云的发髻。
整个白天都昏天黑地,
中午不见太阳,
苍翠的林带显得更加碧绿。

在今天这种日子就会想起
发疯似的罗陀[1]的故事,
她为了幽会不知何时
闯入遥远的布林达树林里。

那一天也刮着这样的大风,
不停地下着这样的暴雨。
她的目光被闪电惊呆,
美女的心啊,不安又恐惧。

雷鸣震撼着这位相思女的心。
她甚至不眨动一下自己的眼睛,

---

[1] 罗陀:印度神话传说中的牧女,与黑天相爱,并在布林达森林中与之游玩、嬉戏。

一直默默地凝望着苍天,
心里的希冀仿佛被刻画在云层。

一些什么人在哼唱小曲,
旅人的媳妇望着空寂的大路。
滂沱大雨犹如飞泻的水柱,
不安的心灵感到更加恐惧。

仙女怀抱瑶琴坐在地上,
蓬松的秀发把前胸遮挡,
未整理的衣裙显得松弛,
那天也是如此昏黑不见阳光。

贾木纳河岸边,迦昙波树[1]旁,
今日孔雀的翩翩舞姿优美大方,
让人喜悦动情,斯拉万月的昏暗
为离别投下的暗影令人神伤。

---

[1] 迦昙波树(kadamba):在印度等南亚国家生长的一种高大的乔木。

布林达森林至今留在人们的记忆里。
在秋天的月圆时节,
在斯拉万月的雨季,
在林莽树丛中依然回荡着别离之曲。

贾木纳河岸边至今仍吹奏那支竹笛。
整个白天和夜里
延续着爱恋的嬉戏,
至今罗陀仍然在林中的茅舍里哭泣。

心灵幽会

我觉得她仿佛还在这里，
透过窗子我瞧见了她眼神的忧郁，
谁晓得何人的话语在她面颊和耳畔
变成了悲戚的气流和叹息。

温柔的心灵离开了她的躯体，
仿佛来到遥远的幽会之地，
面前那片无边的土地是冷酷的，
她独自一人伫立在那里。

或许此时她已经来到这里，
她迈着轻盈的脚步走进这扇窗子，
心灵和肉体将困惑不安的我
束缚在无形的梦之怀抱里。
她的爱情、她的手臂是温柔的，
她那急切的鹧鸪般的声音中有离愁希冀。
这春风送来鲜花的芬芳，
这春风也令离人啜泣。

等待

整个白昼都已流逝,
黄昏尚未退去。
日终时太阳现出倦意,
它根本不想离开这里,
眷恋地俯瞰着大地,
不愿意就此别离。

被乌云缠裹着的白日
消逝在田野里,
垂落在林中树梢上的
长长的阴影伏在林边静地,
在河水中颤动摇曳,
向渡口伸展去。

斑鸠此刻正在枝头啼鸣,
单调的鸣声蕴含着同情。
漫长的白日显得懒怠而苦清,
独立枝头的斑鸠甚为孤伶,
它吟唱的那支离别之曲
此时一刻不停。

你瞧，村妇们已来到渡口，
而她们的倩影尚未显露。
她们的水罐撞破水浪波影，
水中的阳光也被搅得模糊不清。
疲惫不堪的风儿不时地
与河边之水亲吻。

白天结束之时莫非
她才刚刚走到外边？
她身着天蓝色衣衫
走进这平静的水中间。
难道她来到了这围墙环绕、
绿荫笼罩的无人的花苑？

凉爽的河水动情地
接纳了她的身体。
在那双温柔纤手的拨弄下，
深邃的河水荡起了涟漪。
水流在她的颈边翩翩起舞，
仿佛在与她悄悄耳语；

晚霞的光辉上下波动，
把她的面颊染得绯红。
她的脸影落入水中，
她仿佛装作寻找自己的身影。
纱丽的一端滑落下来，
在水面上浮动。

她将自己的容颜展现
在平静的水面，
甜蜜的脸上浮动着微笑，
只见安闲的喜悦而不见羞赧。
林中的叶片将树影投射
到大地的眼帘。

在水底的台阶上面，
漂动着一件冷漠的衣衫。
半个倩影半个身段
在水面上创造着魔幻。
那身影仿佛是在嘲笑
那纤细的身段。

芒果林中的簇簇鲜花
向河流岸边发散芳香。
置身于密枝间的孤鸟
在专心地鸣叫。
巴库尔树上的花朵惊愕地
坠落在河中央。

白昼渐渐地隐去,
余晖也在消逝。
在远处的天边依稀
可见密林轮廓的影子。
它与沉睡的眼睛上边
黝黑的眉毛很相似。

看来她已离开河水的怀抱,
或许登上了河堤。
她迈着急匆匆的脚步走回家去,
湿漉漉的衣服紧紧裹着身体——
仿佛渴望占有她那
青春的娇媚艳丽。

她认真地擦拭着身体，
要换上一件新衣。
戴上胸罩系牢纱丽，
在手腕上戴上镯子，
细心地编织发辫，
把秀发梳理。

在她的胸前悬挂着茉莉花环，
她的头部被纱丽紧紧盖严。
她行进在河岸边的林间小路上，
黑暗中她的脚步显得徐缓。
身上散发的香气将痕迹
滞留在晚风间。

她的脚步声回荡
在我的心田。
有时她还没有走到身边，
可是那响声已传到耳畔，
就好似南风为把大地
叫醒而在呼唤。

我要走过去站得近些，
还有什么该对她述说？
她那不驯服的身体刹那间
就像图画一样凝滞呆愕，
满怀着幸福的激情
在凝视着我。

两人之间那种光之距离
将会隐没逝去；
隐藏在黑暗底层的世界
也将会悄然泯灭；
亿万双清醒的眼睛
将会徐徐闭合。

黑暗中彼此感到亲近，
阳光下就会疏远。
就好比两颗痛苦的心灵
在悲伤之夜贴得很紧，
而在欢乐的早晨
会感到异常踏实。

两个人在黑暗中仿佛
觉得不再是两个人。
心里越是渴望索取,
就越会感到充实。
世界上的一切仿佛都会死去,
唯独留下心灵不死。

黑暗中心灵和肉体仿佛
已经融为一体。
死神仿佛过早地降临,
把一切束缚统统毁灭,
我们两个人匆匆向
世界的彼岸走去。

两个人仿佛从两个方向
沿着激流漂来,
两个人相互注视着漂游,
匆匆前进,激情满胸怀,
突然到达目的地,
融入那深夜的大海。

湍急的水流已经停歇，
潺潺之声也已缄默，
一次无声的幽会聚合
被黑暗全部吞没，
在毁灭的底层，两个人
之间有彼此的终结。

（以上 4 首选译自《心声集》）

两个朋友

愚昧的畜类无言,心也无语,
人类在何处与之相识!
最初在天堂黎明创造之际,
他们心心相印,建立起友谊,
他们交往留下的遗迹至今犹在,
还能够辨认,永远不会消逝。
昔日的亲情已经离去甚远,
可是偶尔听到某种无言的声音,
从前的淡漠回忆就会在心中激起,
内心就会萌发出玉液般的爱意。
牲畜用眷恋温柔的目光望着人的脸,
而人也以友善好奇的目光将其注视。
两个朋友仿佛穿着伪装来相聚,
从此两个生灵就开始不平凡的游戏。

两个比喻

失去流水的江河就不会流淌，
千万种水草之绳就会将它捆绑；
失去生机的民族就会停滞不前，
陈腐的陋习就会步步把它阻挡。
众人经常行走的道路
绝不会滋生树丛林木；
一个民族不摆脱经卷圣典的束缚，
就永远不会走上自己的发展之路。

他人之衣

你一身老爷装束回来,是何许人也?
难道伪装就不会增加你的羞涩?
你身上穿着别人的衣服,
这种装束不正是对你的侮辱?
不就是说 "不幸之人呃,你注意看我,
我比你的皮肤白皙得多"?
思想中如果缺少自尊感,
身上的青衣就是污点所染。
你头上戴的那顶小礼帽
不就是对你自己民族的嘲笑?
它仿佛在说:"你的头就在我的足下,
由于我的怜悯那种卑贱才被抹掉。"
全身承受羞辱难道就值得骄傲?
破旧之衣才是身之饰物
——这你可要知道。

大地

一件小事、一支短歌今天浮现在心田。
周围可见的一切景物映入我的眼帘。
我仿佛驾驶着一只小船在水中游玩,
只见大河两岸的苍翠土地广袤无边。
"我们走吧,走吧!"瞬息间大家这样说。
我观赏的时间太少,所以才恋恋不舍。
可视为同胞兄妹的就是河岸上的苦乐,
这苦乐都用怜悯的目光凝视着我。
看到河岸上那些绿荫掩映的村落,
我就想到有多少爱情簇拥着村舍。
当我用眷恋的目光眺望这一切的时节,
从大地的心田到我的心窝,
既有黑暗和光明,也有痛苦和欢乐,
正因为拥有这一切,大地才显得如此丰硕。

本质与姿色

世界之海呀，有关你的议论听到许多，
你所拥有的珍珠宝石的价格无法估摸。
许多国家的潜水员和学者不分昼夜
对这一切进行研究和探索。
深奥的大海呀！有如此贪欲的并不是我。
你躯体上面点燃的明亮的灯火，
你那蔚蓝的海水显露出的宏伟壮阔，
你胸怀中荡漾的奥秘之波，
在不停撞击下吟唱的高亢之歌，
陶醉在你那伟大舞步中的多彩戏乐，
这一切，如果我知道何时终结，
如果我确信一生中有时也会疲劳，
那么我就要沉入你那无底的邦国，
那里有珠宝，或许也有长眠的处所。

女人

你是这心灵的创造之物,
所以你的形象才容易在心中存储。
当我在宇宙彼岸看见你时,
就觉得你是从心里走出来的;
当我在心灵中间看见你时,
就觉得你降生在心田里。
你是心灵的美女,所以你就
融于四面八方的各种美色里。
明月中有你的娇艳,
你脸上闪烁着月华,
你的娇媚永远与万物交相辉映!
心灵的无限渴望萦绕于宇宙之中,
将你与一切甜美交汇融合。
从此后心灵就把今生来世
统统献给虚幻的神灵。

爱人

今天你上百次地把我嗔怪,美女,
尽管我把你如此小视却又总想见到你。
你的伟大光辉从你的形体映入我心里,
并且在宇宙间广泛地扩展传递。
当我的目光尚未落到你身上时,
就等于我没有看见世界上的美女。
你用天堂的青黛将眉目修饰,
你把我留在这无限的尘世里。
你的容颜之光若不映入我的心田,
我又怎么会如此热爱这蓝天。
你的歌声和笑语威力无穷,
在世界上赢得了千百万的心灵。
你提着灯笼在前面行走,
世界就紧跟在你心灵之后。

沉思

我越是爱你，越是将你放大瞧视，
最亲爱的人哟，我就越是对你看得真实；
我越是把你缩小来瞧，对你了解就越少。
有时我竟然忘却，有时又记得很牢。
今天在这个春日里胸怀舒展轻松，
我做了一个从未做过的梦——
这个世界仿佛已经消失，一切都不存在，
仿佛只剩下一片汪洋大海，
没有白天，没有黑夜，没有分秒时刻。
活跃的海水已经宁静，没有狂澜大波；
在大海中仿佛盛开荷花一朵，
只有你，坐在荷花上自由漂泊。
宇宙之主长期陶醉在伟大的爱情中，
从你身上看到了他自己的身影。

歌

你宛如波涛笑逐颜开地
跌入我的心底。
在青春的大海里浪潮涌起,
今天是哪个月圆之日?
在疯狂汹涌的水波中,
在我这无人的岸边,
你不停地击节,做着什么游戏?
你在我的周围演出过多少舞蹈乐曲,
你亿万次走到近前又远离而去。

你宛如波涛笑逐颜开地
跌入我的心底。
你吻了我的前额,毫无睡意地
在我眼前伫立。
在酣梦的岸边你徐徐地
出现在朝霞里。
最后你满头秀发很快进入我的心底,
一双朱红的赤足在那里停立——
整个天宇仿佛已破碎并且填满你的躯体,
在人生的青春期整个林苑舒展花枝。

你吻了我的前额,毫无睡意地
在我眼前伫立。
你好似美丽的鲜花一朵,轻轻地
向我的怀里飘落。
滴滴眼泪犹如隐蔽的露珠
将心灵浇注。
阵阵幽香寂静无声地沁入肺腑,
幸福之梦在隐秘的心里展出。
睡意在欢愉的抚摩中潜入眼底,
你的亲吻使我全身战栗。
你好似美丽的鲜花一朵,轻轻地
向我的怀里飘落。

陌生的世界

瞬息间我降生在你的身边，
无限的大自然！我怀着真诚的信赖
把你认作母亲，把你视为家园。
今日黄昏你却张牙舞爪地奔跑呼喊，
你简直就像一个巨大的恶魔，
把作为母亲的服饰脱掉撕破，
你用拜沙克月的风暴把它撕成碎屑，
你凭借可怕的灰尘翅膀飞驰而过，
你毁灭生灵就像根除草芥。
现在我战战兢兢地问你，伟大的恐怖，
你是何人，在四周围堵无限的天路，
竟然用千万只手臂把我拦阻？
我这短暂的生命是何人赐予？
我该去何方，为什么我留在此处？

胆怯的奢望

母亲啊母亲,我在惊恐中把你呼唤,
如果母爱已在你的心中蕴含,
我就会听到回答。如果你像母虎
突然忘掉贪婪和狠毒,
你就会对人类儿女进行吻舔爱抚。
如果你藏起利爪,袒露胸脯,
将乳头置于我的嘴边,
如果你让我在你斑驳的怀里睡眠,
我的头置于幸福中就感到温馨无限。
这样的奢望啊!噢,伟大而庄严,
你就在云天中把星辰日月展布,
今天你如果皱起眉头举起雷霆般的铁杵,
我这渺小脆弱的生命该倒在何处?
我就会忘记叫你母亲,而唤你女巫!

凝视远方的云

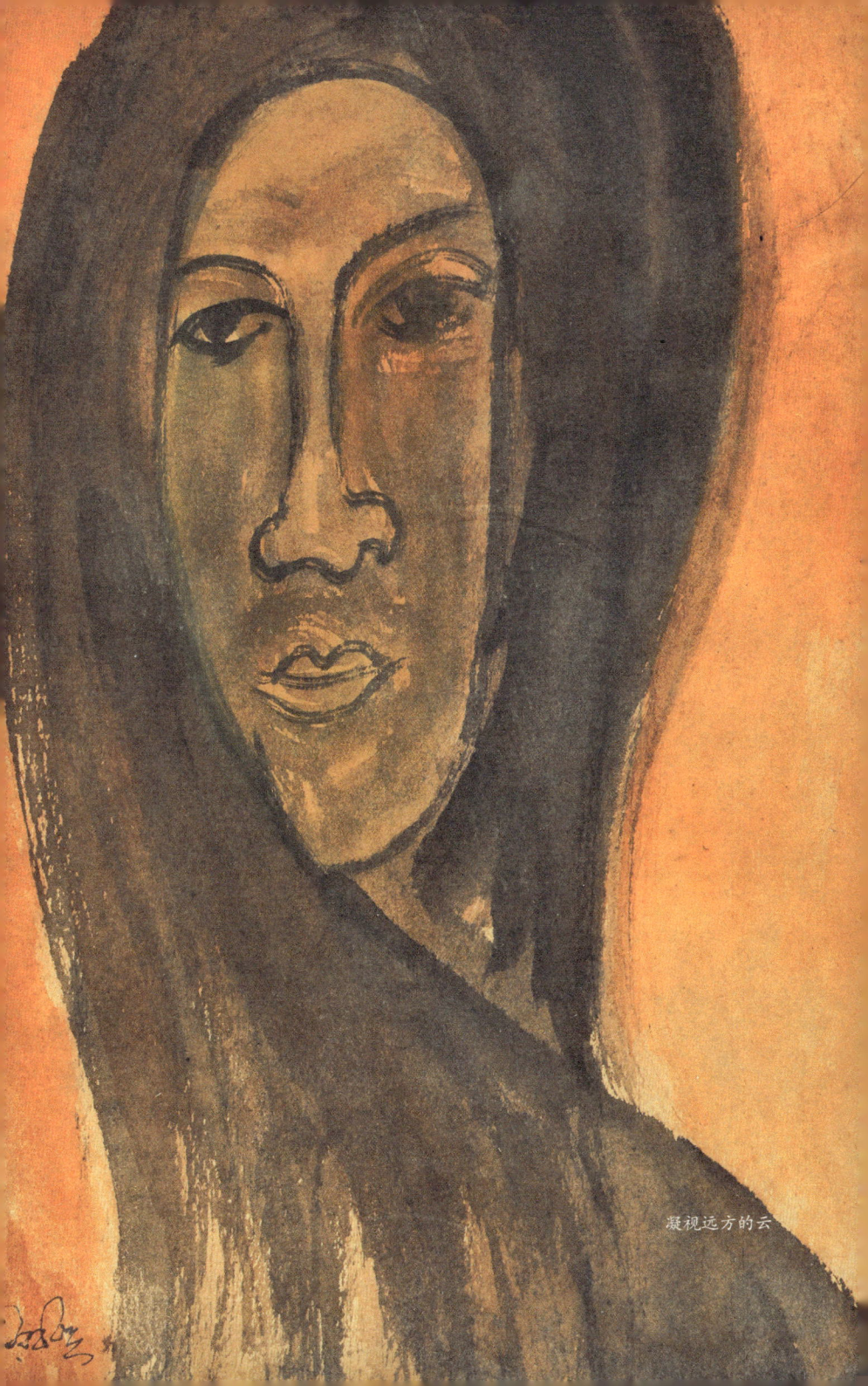

黯淡的无奈

含蓄的微笑

阳光射到我的脸上

致虔诚者

质朴清新而又温柔年轻的心,
我在想,我征服你凭借什么本领。
你用欣喜景仰的目光瞧着我的脸,
并用崇爱的光辉给我增添光环。
你将自己的稚嫩的美艳
作为礼物挂在我的脖颈间,
把我变成一个受崇敬的高贵之人,
依据自己的心愿把我装扮成天神。
在这种情况下我很孤单,心里很烦。
在我身边经常香烟缭绕,灯光灿烂,
祭拜常有,香火不断,
是谁让我端坐在那把不动的座椅上面?
我只是一个四处云游吟唱的诗人,
我不是北极星,我不是太阳神。

河中航行

我的小船借助和风缓缓而行。
早晨天边飘动着朵朵白云。
丰沛的河流犹如快乐的儿童,
它那平静肥胖的躯体处于安睡之中;
两岸郁郁葱葱的田野十分宁静,
就像即将分娩的孕妇懒得走动。
今天为什么所有水域陆地都这样平静?
岸上不见行人,河里不见船影。
在丰饶的大地中间坐着唯一的亘古死神。
今天他身着艳服,头顶乌云,
他的双眼显得疲惫无神,
暗淡的晨光照耀他的脑门。
他用怜悯的声调哼唱小曲儿,
在我那跳动的心里激出迷惑的波纹。

死亡甜蜜

心灵慢悠悠地说："啊，死亡是甜蜜的，
这蔚蓝色天宇难道不是你的内室？"
今天我觉得，这片墨绿的沃土
就是你铺展的宽阔松软的床铺。
今天水中陆地上的游戏都属于雨季，
这静谧、美景都属于你。
我觉得，如果不与你结合在一起，
在这个世界上我就显得非常渺小低级。
你用平静怜悯的目光和喜悦的朱唇，
仿佛在整个天地间把我呼唤。
看到你那高大而甜蜜的形象，
新娘初次相见时的那种恐惧就会消失。
到处都吹奏起娶亲的竹笛，
今天到处我都能看见你的胸际。

回忆

有一天她曾经坐过这艘船，
她的声音就像民歌优美婉转。
她那被浓密睫毛点缀的眼睛，
犹如带水的雨云饱含着怜悯之情。
她那颗温柔的心灵沉湎在幸福里，
她的笑声洋溢着朴实和顽皮。
我坐在她身边倾听她那甜蜜的话语，
她有多少故事、多少困惑呢？
早晨她犹如晨鸟一样醒来，
她满心欢喜，笑逐颜开。
她那种爱恋的执着宛如泉水，
她用各种戏耍把我环绕包围。
我眼含着热泪在默默思忖，
今天她在无限宇宙的何处安身？

第一次接吻

四周低垂的眼皮仿佛已凝滞,
所有鸟类的鸣唱已经停息。
风儿沉默,潺潺水声戛然而止,
树林内的窃窃私语
慢慢地消失在林苑里。
河水平静,岸边无人,
黄昏暮色悄悄地降临
在天边的地平线和静默的大地。
此刻那窗口寂静无声,
我们两人开始第一次接吻。
此时在天边的殿宇神庙
已经吹响了迎神的螺号。
无限的星空仿佛在战栗,
我们的眼里滚动着泪滴。

最后的吻

悠远的天堂仿佛奏响了派罗比歌调,
晨曦中那可怜的明月现出了憔悴的容貌。
星星显得郁郁寡欢,东方这位新妇的脸上
挂着露珠,显得苍白,凄楚忧伤。
最后一盏灯火慢慢地熄灭,
夜间酣睡时所挂的帷幔已经垂落。
带着愁苦的红色霞光透进纱窗,
简直就像清晨无情抨击睡眠一样。
此刻我们就立在屋门内,
匆忙地进行最后的告别之吻。
刹那间从四周传来人生路上
那低沉的劳作的音响。
哗啦啦,通向世界之城的大门已打开,
我将眼泪擦干,走向远方。

财富

这种小草带着朴实的尊严,
容易生长在宇宙的天地间。
东方的朝阳,深夜中的明月,
小草与它们同坐一个宝座。
我的这首歌与那宇宙之歌
在众人的心里协调地融和。
七八月的暴雨,树林中的簌簌声,
小草自己的屋舍就坐落在这万物之中。
可是,享乐者呀,你那财富的重负
只属于你一人,并被锁在门扉紧闭的小屋。
那里不透阳光,不见月宫蟾蜍,
也永远得不到众人的祝福。
唉,死亡降临到面前的一瞬间,
财富就变得苍白、干瘪而虚无。

利益

啊，利益，你是什么东西，有多少价值？
宇宙的脸面一旦触及你，就会被遮蔽。
无限的真谛已经藏匿，
慈爱、友谊、情意立刻受到无耻的扭曲，
在你的轻蔑嘲笑中，美之赞歌永远停止。
啊，朋友们，让一切利益都满足
人们的需要吧。你把最小的一点一滴
都放进宝库里，丝毫也不要放弃。
我选择了永恒的爱情，在爱情的口中
饱含着玉液和泪水的无尽话语十分清醒。
为了我就让被嘲笑的古老信念沉默吧，
就让那大千世界继续存在吧。
高踞正座的，任其继续；
操起七弦琴，弹奏乐曲。

和平咒语

明天我将解开小船前往居民区,
重新回到自己的工作中去。
啊,善解人意的女神,别放我走,
你不要独自闯入人海和劳作的喧嚣里。
你的七弦琴仿佛在我的心底
用铿锵的音符不断弹起幸福的旋律。
当胸膛被仇恨利箭刺伤而流血时,
你那安慰的玉液就像泪水似的,
仿佛点点滴滴
都垂落在我那受伤的心田里。
逆反心态犹如无数蟒蛇的咝咝之音,
你却用温柔语调述说和平的咒语。
你悄悄地说:"利益为虚,一切皆为虚,
唯有我在你心中才是永恒的真实。"

鸠摩罗出世之歌

诗人啊，当你为天神夫妻
吟唱鸠摩罗出世颂歌之时，
你周围聚集着湿婆的舞女歌伎，
平静的黄昏彩云徐徐降落在山巅福地，
雷声终止轰鸣，闪电停止嬉戏，
鸠摩罗的孔雀弯着长颈，低垂着尾羽，
在雪山神女身旁静静地伫立。
有时神女在甜蜜的微笑中朱唇战栗，
有时偷偷地发出声声叹息，
有时激动的泪水溢出眼眶，
最后她那不安的羞赧立即消失。
诗人，你望着雪山神女，
突然间终止了那支
没有唱完的歌曲。

（以上21首选译自《春收集》）

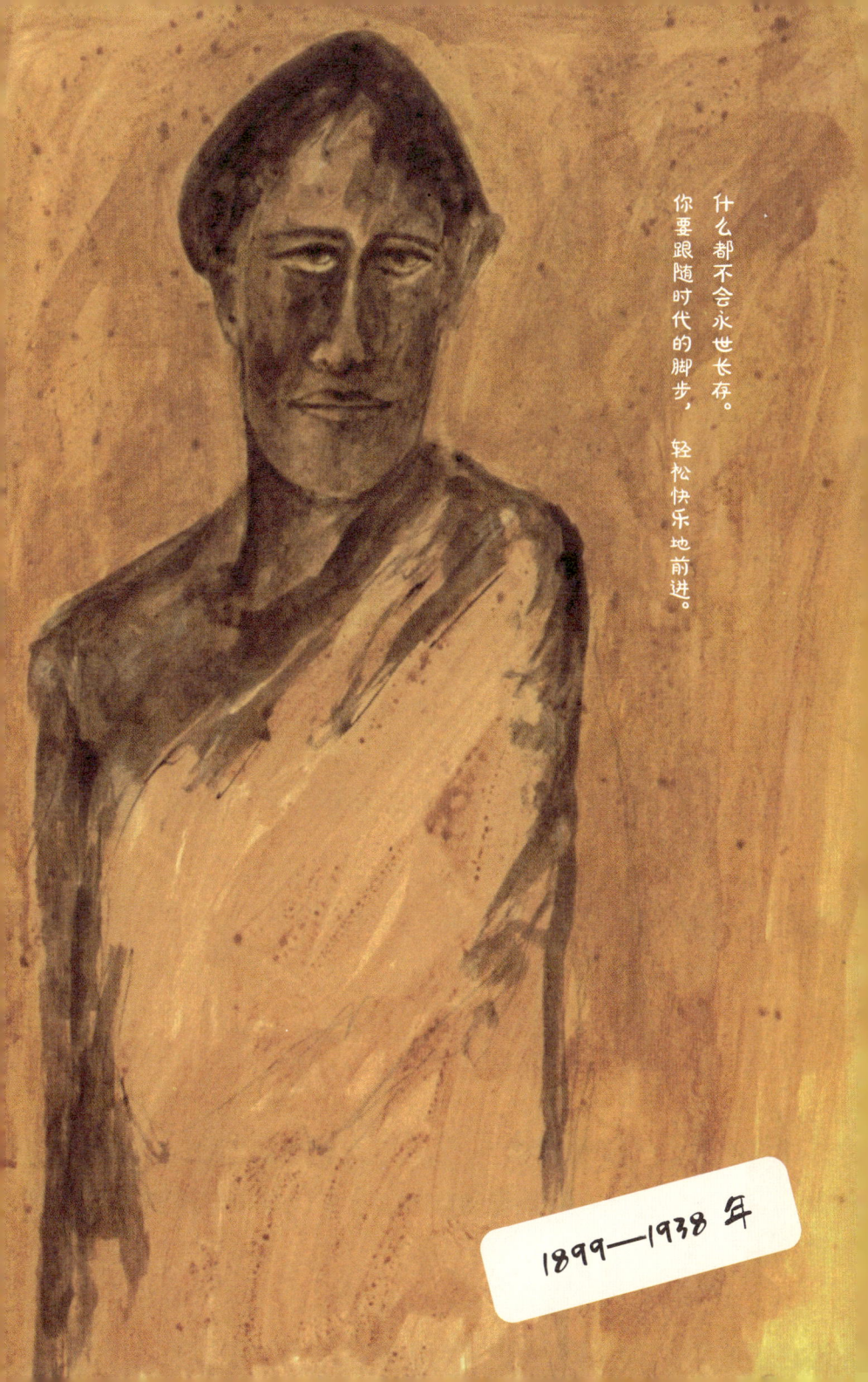

什么都不会永世长存。
你要跟随时代的脚步，
轻松快乐地前进。

1899—1938 年

亲缘

今天南瓜踌躇满志，
翠竹架仿佛就是运载自己的飞机。
他头昏目眩，也不敢俯瞰大地，
却和日月星辰称兄道弟。
他想象自己在飞行，
翱翔云端，极目远视。
可恶的是茎蔓，以亲缘
将他与土地紧紧相系。
茎蔓一断，瞬息间
便升入天国的乐园里。
茎蔓断了，南瓜才明白，
他不属于太阳，而属于土地。

力量的局限

铜罐咣当当开口嚷嚷:
"水井大叔,你怎么不是海洋?
你要是海洋,我就快乐地潜入深水处,
把肚皮喝得又圆又光。"
水井说:"不错,我是一口小井。
我才感到寂寞凄凉,
不过,小子,你不必担心,
你下去几次都一样,
你想灌几罐就灌几罐,
我一定满足你的愿望。"

新的生活方式

有一天水牛向天帝怒吼：
"我也要像马一样需要马夫伺候，
我要改变牛的生活习惯，
一天两次为我洗刷，把鬃毛整修。"
为此水牛每日在牛圈里横冲直撞，
一个劲儿地蹦跳不休。
天帝说："我满足你的心愿。"
当即命令十个马夫为牛洗刷。
没过两天，水牛就哭叫道：
"天帝呀，够了，我受不了！
再也不用叫马夫为我效劳，
那种冲洗真叫人吃不消。"

胜负

骄傲的马蜂与蜜蜂
激烈地争论谁的本领高。
马蜂说:"我有千百条证据
都证明我蜇人的本领比你高。"
蜜蜂一时语塞,急得落泪。
森林女神悄悄地劝慰道:
"孩子,你何必烦恼?
蜇人你不行,酿蜜还是你的本领高!"

负担

缝叶鸟说:"一遇到你,孔雀呃,
同情的泪水就涌满我的眼窝。"
孔雀问道:"唔,缝叶鸟先生,
你这样伤感,是为什么?"
缝叶鸟回答:"你个子太小,
彩翎太长,极不协调,
彩翎已成为你行动的障碍!
你看我,轻盈飞翔多快活。"
孔雀说:"兄弟呀,不必伤感,
要知道,荣誉的背后必负重荷。"

书虫的逻辑

《摩诃婆罗多》书中钻进一条蛀虫，
从封面到封底都被它嗑出窟窿。
学者翻开书，擒住它的头，
怒斥道："你为什么恣意横行！
想磨砺牙齿，填饱你的肚皮，
有粮食和泥土可供你享用。"
书虫说："你为何火冒三丈？
书中除了黑斑还有什么？
让我里里外外啃个痛快，
反正我不懂的都是糟粕！"

各司其职

伞发牢骚:"哼,头颅先生,
我无法容忍这样的不公——
您悠闲自得地游逛集市,
我为您顶着烈日,阻挡风雨,
老兄,您若是我该做何感想?!"
头颅回答:"你要理解头脑的作用。
我的智慧可以让田野飘香,
保护我是你的一种光荣。"

智者

我是双翼绚丽的彩蝶,
诗人墨客却不理睬我,
我大惑不解地问蜜蜂:
"你在诗中不朽凭什么才德?"
蜜蜂答道:"你确实漂亮,
但娇美的容颜不宜宣扬过多。
我以采蜜歌唱的品格,
征服了鲜花,让诗人愉悦。"

内讧

发髻和乱发争吵正酣,
招来村里一群人围观。
发髻说:"乱发,你丑陋不堪!"
乱发说:"摆臭架子,有损你的尊严!"
发髻说:"头发掉光,我才高兴。"
"那就剃光你的头发吧!"乱发怒气冲冲。
诗人劝解道:"你们俩想想吧,
你们俩本是一家,同为一个族姓!
发髻没了,秀发全都剃光,
你们如何把胜利的锣鼓敲响?"

赠予后的贫穷

在雨季结束的时节,
赐过雨水的薄云飘向晴空的一个角落。
满盈清水的荷塘见此情景,
嘻嘻哈哈,便冷嘲热讽地说:
"喂,清瘦寒酸的穷鬼,耗尽自己,
如今饿着肚子,无家可归,
你看我,碧波荡漾,
满身华贵,不需漂泊。"
薄云说:"先生,你不要骄傲,
你的丰盈其实是我的功劳。"

快语直肠

春天降临,林中百花怒放,
布谷鸟昼夜不停地歌唱。
乌鸦说:"看来,你只会
谄媚春天,再无别的专长。"
布谷鸟停止歌吟,回首问道:
"先生,你是何人?来自何方?"
乌鸦道:"我乃乌鸦,快语直肠。"
布谷鸟说:"我向你致敬,
望你永远这样言直语爽,
可我的声音必须甜美悠扬。"

谦恭

青竹篱笆问道:"竹林爷爷,
你为什么总是躬身垂首?
我们虽然是你家族中的小辈,
可我们天天挺胸,高昂着头。"
"这是老少之别,"竹林答道,
"躬身垂首绝不意味卑微渺小。"

乞求与获得

"只有耕种,你才让我有收获。
土地呀,你为何这样吝啬?
哦,母亲,请你开心施舍吧!
为何非要我汗流浃背地劳作?
我不劳动获取粮食,
算得上什么错?"
土地微笑着说:"那样做会
为我扬名,可那会使你丧失人格。"

(以上13首选译自《微思集》)

不能乞讨

啊，我的祖国，
有人总是疏远你，恨你，
我们出于尊敬才回到
他们那里，穿他们的外衣。

外国人不了解你，不尊敬你，
所以才侮辱你，
我们与他们住一起，是想与之保持联系，
因为我们都是你的后裔，
母亲，你的悲惨之状就是我的服饰，
这一切我怎么能忘记？

别人的财富中多为傲慢，我只能双手合十，
将其装入乞讨的布袋里。
请用你那圣洁的手把饭菜放入盘子里，
我们会吃得津津有味的；
如果你亲手为我们缝制粗布衣，
我们穿在身上，羞愧感就会消失。
那个宝座，如能蒙上你的纱丽，
就是你向我们表达爱意。
谁藐视你，他就是藐视我，
母亲，你怎会对他表示尊敬呢？！

(选译自《幻想集》)

终了

我不会永生,兄弟,谁都不会永生!
兄弟,什么都不会永世长存。
你要跟随时代的脚步,
轻松快乐地前进。
即使只有一种生命,
所承载的时日也不会太多。
悠悠岁月,一位诗人也
不会总是吟唱同一首歌。
花环的确总会干死枯萎,
佩戴花环的人也不会永生,
伤心痛苦又是为何?
我不会永生,兄弟,谁也不会永生——
兄弟,什么都不会永世长存。
你要跟随时代的脚步,
轻松快乐地前进。

大家在这里某一个地方
总应该做个最后了结,
即使终止了歌唱,
歌的余音依然震动耳膜。

时光流逝，称心如意的
游戏就该完结，
心情在激动的泪水中
就会感到温馨快活。
生命走向终点，因此
晚霞中才会有色彩，
亲人心中的角落才会有晚霞云朵。
我不会永生，兄弟，谁也不会永生——
兄弟，什么都不会永世长存。
你要跟随时代的脚步，
轻松快乐地前进。

（选译自《瞬息集》）

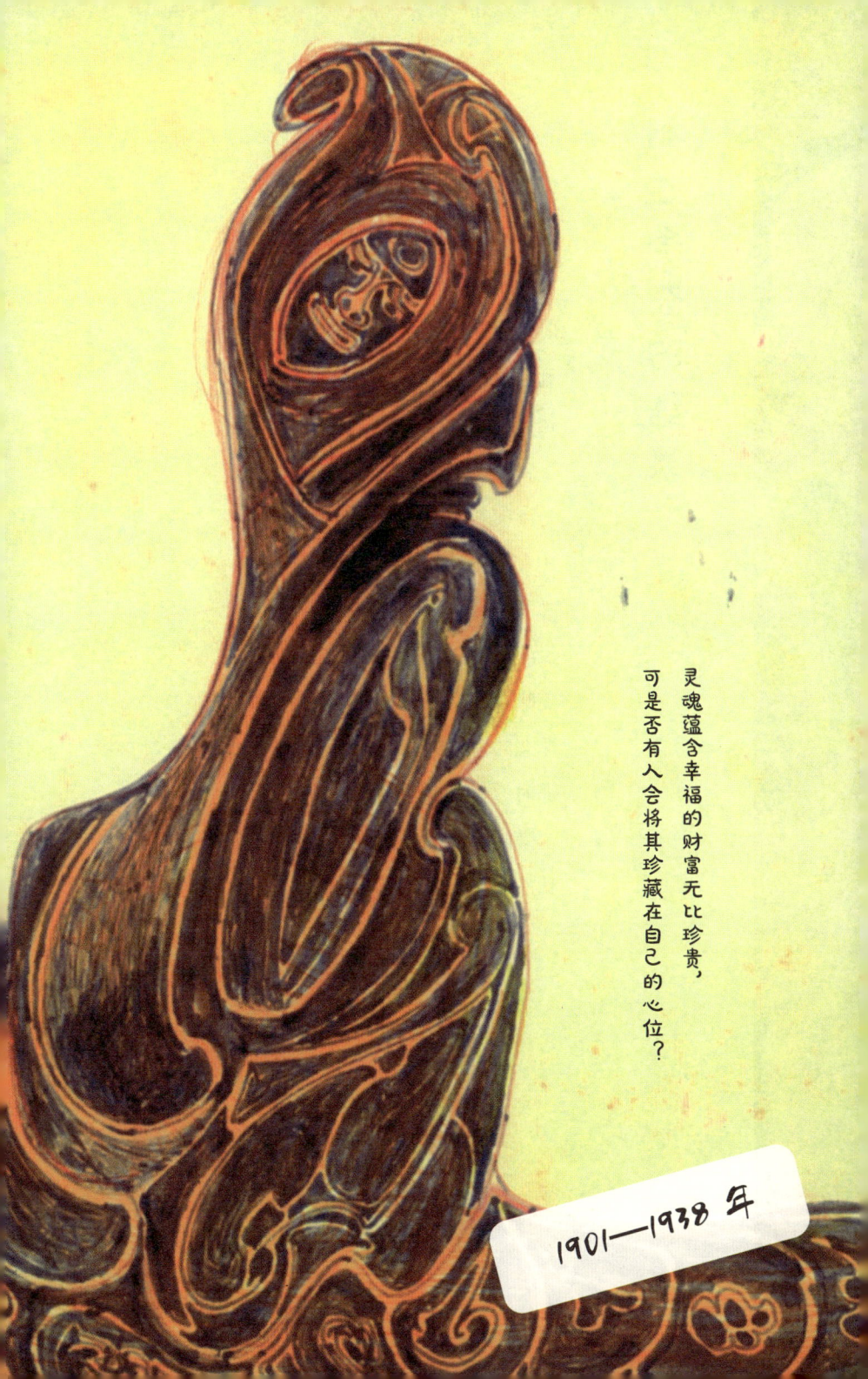

灵魂蕴含幸福的财富无比珍贵，可是否有人会将其珍藏在自己的心位？

1901—1938年

利益争夺的结果

利益争夺的结果招致意外死亡。
时代风暴突然卷来黑暗的灾祸,
利益急剧膨胀,对抗十分激烈,
达成的协议已成灰烬,随风飘落。
宇宙阔大的法则绝不会给
一方的暴虐以恒久的居所。

私利越是扩张,贪欲之火就越强,
没考虑到整个世界不是自己可用的
美味食物,被吞咽腹中就会恶性膨胀,
罪恶的饥饿就变得无耻狂妄,
那时你就以自己的名义把霹雳擂响。
"爱国者"乘坐私利之舟四处寻找死亡,
猛然间小舟撞向水下的暗礁石浪。

强权的傲慢自私

强权的傲慢自私宛如瘟疫,
眼看着向全世界蔓延。
它的接触之毒从一国向别国扩展,
一个个平静的村落毁于一旦。
印度古老的净修林里,
充满仁慈的甘霖,恬静而心安,
幽静的简朴闪射出知识的光艳。
没有物欲负担的心灵在海洋、
陆地日日扩散着慷慨的善缘,
豁达的冥想亲情般地渗入,
魑魅魍魉的生蕃,如今已风化成石岩。
废物残渣一齐涌进心灵世界,
淳朴的满足为骄奢淫逸所咽,
权益的搏斗搅乱了昔日的净土高天。

啊,印度

啊,印度,你教诲中的珍宝
到了外面,需要用者却很少,
看上去仿佛很贫瘠,
但在内心的珍藏却很富饶。

现如今的文明,
毫无意义地大肆炫耀,
享乐之风高度剧增,
穷苦人的鲜血把奢侈享乐喂饱,
数不清的车辇辚辚地疾驰,
魔鬼高举着野蛮凶狠的铁臂长矛,
在溅血喷火的极端恐怖中,
唉、谁能心绪平稳而不生烦恼?
沉默着坚守光荣,穿一身罕见的
素雅旧衣,不妄想进行豪夺巧取才好。
灵魂蕴含幸福的财富无比珍贵,
可是否有人会将其珍藏在自己的心位?

(以上3首选译自《祭品集》)

记忆里的知音

端庄淑女

平静的智慧

注视远方的少女

你在家每天叫我进屋

你在家时每天用玉液般
温柔的嗓音呼叫我进屋。
今天你去了宇宙的时候,
在宇宙中呼唤我,声音凄楚。
往昔都是你为我打开屋门,
现如今关闭此门再无人提醒。
你曾经为我指明外面的康庄大路,
你无声的辞别长存于我的心腑。
现如今你在宇宙大神脚边安身,
家庭的吉祥女成为宇宙的女仙人。
就让繁星射出的璀璨之光
将朱砂描画在你的分发线上。
今天我静坐在这里冥思苦想,
就让你的吉祥成为大众的吉祥。

哦,端庄贤惠的爱妻

哦,端庄贤惠的爱妻,
你使死亡成为福祉。
你从人生的彼岸
寄回来你的情思,
每时每刻发回尘世的光芒中
蕴含着沉默的爱恋、含泪的期冀。
你坐在孤寂冷清的
死亡屋室,靠着窗子。
在你点燃的灯光里
燃烧着永恒的希冀。
哦,端庄贤惠的爱妻,
你使死亡成为福祉。

(以上 2 首选译自《怀念集》)

请你让我把头低

请你让我把头低,
触摸着你的脚面行大礼。
请让我的所有傲慢
都沉浸在泪水里。
时时刻刻拼命地
总围绕自己转悠,
给自己增添荣誉,
就只会增加自己的羞耻。
请让我的所有傲慢
都沉没在泪水里。
我从不在自己的事业中
宣传我自己;
请在我的生活中
满足你自己的希冀。
啊,我赞美你最佳的宁静,
赞美你生命中的最高德行。
请你让我隐蔽地
伫立在心灵的莲花丛。

你让多少陌生人相识

泰戈尔和他的学生们

你让多少陌生人相识，
在多少人的家里赐给他们位置，
朋友，你让遥远成为咫尺，
使陌生人成为兄弟。
每当我要离开旧居时
总在拼命地想，

不晓得会遇到什么问题,
在新人中你可是故人,
这一点你不应忘记。
朋友,你让遥远成为咫尺,
使陌生人成为兄弟。

大千世界生生死死,
不论你要把我带到哪里,
你让我认识所有人,
你就是我永生的知己。
认识了你,大家都不是外人,
没有任何禁忌,没有任何恐惧。
你总是提醒大家要团结,
我总是能见到你。
你让遥远成为咫尺,
使陌生人成为兄弟。

啊，我是旅行者

啊，我是旅行者，
谁都不能留住我。
苦乐的束缚皆为虚假，
今后何处还会建有这样的房舍？
事务的负担把我压在下面，
扯破重负，挣脱出来才会解脱。

啊，我是旅行者，
我信心满满，边走边歌。
身体城堡的大门已经开启
捆绑希望的绳索已经打破。
好坏福祸我都经过，
我还要前往人间及其以外的世界。

啊，我是旅行者，
我要将所有的负担摆脱。
苍天呼唤我前往远方，
吟唱无言词的别人不懂的歌。
晨曦晚霞吸引着我的心，
何人的竹笛吹出如此深沉的声波？

啊，我是旅行者，
不晓得哪一天凌晨我走出住所，
当时哪里都没有鸟鸣和人唱歌。
我不知道黑夜还剩下多少时刻，
只有一双不眨动的眼睛
在黑暗中清醒着。

啊，我是旅行者，
在那个落日时辰抵达何人的家舍？
哪颗星星点亮了灯盏，
风在哪种花香中哭泣不歇？
是谁用一双温情的眼睛
站在那里始终凝视着我？

（以上 3 首选译自《吉檀迦利》）

你要用劳作之绳将我捆绑

你要用劳作之绳将我捆绑,
你为什么如此疯狂?
我知道风为什么带来
那一片天空的密语珍藏,
让我的生命更加充实。
竟然如此疯狂。

啊,金色的光芒,
你如何让鲜血在我全身流淌?
你时刻都派人前来,
闯进我那扇敞开的小窗,
带走我的这颗心。
竟然如此疯狂。

(选译自《歌环集》)

为梅兰芳题诗

亲爱的,你用我不懂的
语言面纱,遮盖着你的容颜;
从远处遥望,宛如缥缈的云雾
笼罩着的峰峦。

泰戈尔和林徽因、徐志摩

他是我中我

我独自走出来,
与你来会面。
是谁伴我而行,
在静静的黑暗中?
我想努力摆脱,
我一动他也挪。
心想灾难已消失,
却又看见了他。

他行走,大地震撼,
剧烈地摇颤。
在我所有的话语中,
有他想说的意见。
主,他是我中我,
他向来恬不知耻。
我带他去你门前,
感到很不好意思。

(选译自《在时光之海上航行》)

我旅途耽搁

泰戈尔访问中国（右一 徐志摩、右二 林徽因）

我旅途耽搁，樱花凋落，
亲爱的，时光虚过，
不过你慰藉的笑容
呈现出杜鹃花般的红火。

（选译自《随想集》·《赠徐志摩》）

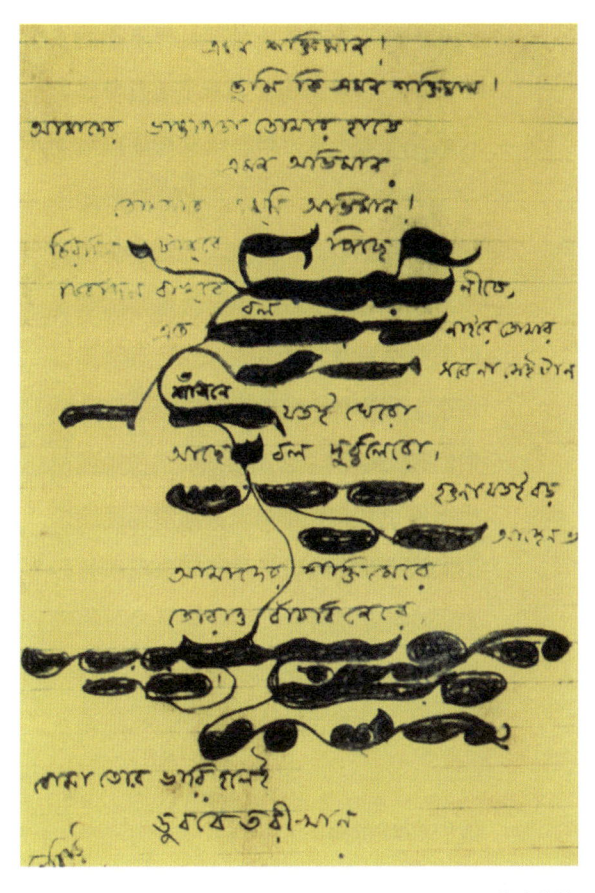

开花的藤蔓

205

崇敬佛陀

我在一份日本报纸上读到，日本士兵希望取得战争的胜利而前往佛陀的庙宇举行祭祀。他们在施放武力之剑屠杀中国，施放虔诚之剑屠杀佛陀。

咚咚擂响战鼓，
是为死神收集食物。
他们咯咯咬牙切齿，
装束十分恐怖；
他们神态凶狠，急不可耐，
祈求佛祖让他们取胜；
他们疯狂地
走进佛陀的庙宇。
战鼓咚咚，军号齐鸣，
惊恐的大地瑟瑟战栗。

他们高声祈祷，
家家户户一阵阵哭号；
亲情的纽带都被割断，
村村寨寨都在燃烧。
从空中抛下的火焰，

使知识的殿堂灰飞烟灭。
他们挺胸抬头
站在仁慈的佛祖面前祈求。
战鼓咚咚,军号齐鸣,
惊恐的大地瑟瑟战栗。

他们计算杀死杀伤的人数,
擂响胜利的战鼓。
多少妇女儿童的肢体被砍断击碎,
招来一群狂笑的魔鬼;
人们的信仰被谎言假话玷污,
他们用毒气之箭封杀人们的呼吸之路。
所以他们双手合十,妄想把佛祖
拉入他们自己的队伍。
战鼓咚咚,军号齐鸣,
惊恐的大地瑟瑟战栗。

(选译自《新生集》)

图书在版编目（CIP）数据

用生命影响生命：泰戈尔诗画精选/董友忱编译;（印）罗宾德罗纳特·泰戈尔著、绘. -- 北京：北京时代华文书局, 2024.4
ISBN 978-7-5699-5359-6

Ⅰ. ①用… Ⅱ. ①董… ②罗… Ⅲ. ①诗集－印度－现代 Ⅳ. ① I351.25

中国国家版本馆 CIP 数据核字 (2024) 第 022469 号

YONG SHENGMING YINGXIANG SHENGMING:TAIGEER SHIHUA JINGXUAN

出 版 人：	陈　涛
项目策划：	文汇雅聚
责任编辑：	李　兵
特约编辑：	唐　棣
责任校对：	薛　治
装帧设计：	陈　辰　李树声
责任印制：	訾　敬

出版发行：北京时代华文书局 http://www.bjsdsj.com.cn
　　　　　北京市东城区安定门外大街 138 号皇城国际大厦 A 座 8 层
　　　　　邮编：100011　电话：010-64263661　64261528

印　　刷：	北京盛通印刷股份有限公司		
开　　本：	880 mm×1230 mm　1/32	成品尺寸：	145 mm×210 mm
印　　张：	7	字　　数：	160 千字
版　　次：	2024 年 4 月第 1 版	印　　次：	2024 年 4 月第 1 次印刷
定　　价：	49.80 元		

版权所有，侵权必究
本书如有印刷、装订等质量问题，本社负责调换，电话：010-64267955。